45首採擷人間風月的絕美好詞

深情在宋詞

琹涵

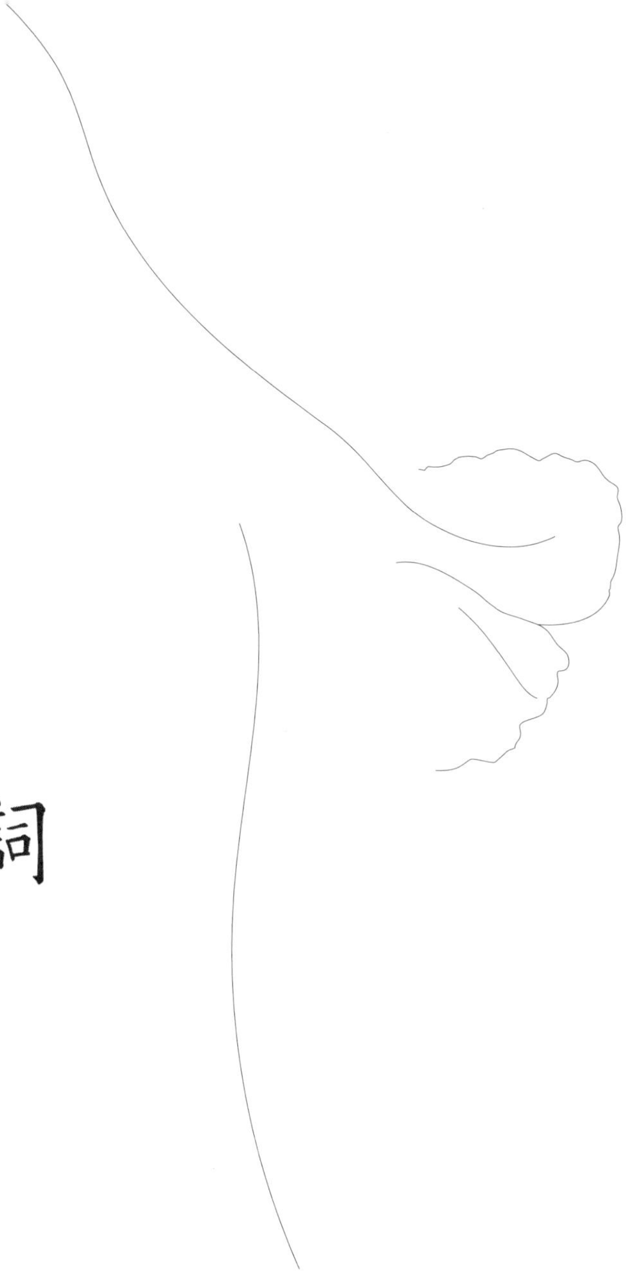

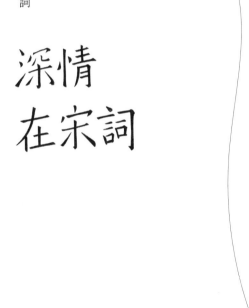

目次

卷二——悲歡離合總無情

卷三——一生惆悵情多少

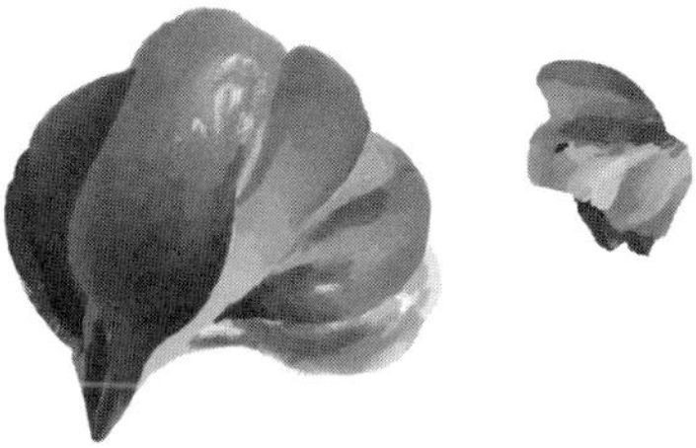

卷四——自在飛花輕似夢

寫在前面

我的心，停靠的地方

中華文化如江河，如大海，源遠流長，博大精深，歷五千年而不絕，依舊浩浩湯湯，充滿了盎然的生意。

這樣歷史悠久的文化，豐美而長遠。直接或間接，都塑造了我們民族的靈魂和內在的精神。中華兒女無論言行舉止，也都受到了很好的薰陶和影響，讓我們逐漸溫柔敦厚，成為更好的人。

所有歷代的經書典籍，有多少智慧蘊含其中，尤以詩詞歌賦為最，無一不動人，都是美好的文學結晶。在這其中，您喜歡哪一種呢？

年少時，我喜歡詞。

青春，是充滿了夢幻的年代。有多少人前無法啟齒的心事，那樣的幽微，我又該與何人說？遲疑徬徨，心有千千結，誰又能解我煩憂？

直到我遇見了詞。

詞的優美，引領我進入文學的桃花源，有落英繽紛，讓人忘卻路之遠近。詞的雋永和深邃，讓我讀它千遍也不厭倦；更好的是，每多讀一回，便有更多的領會，對生命的期待，對未來的仰慕，彷彿希望也由此而生。

跌宕起伏的詞，道不盡相思血淚，不也和曲折的人生相似嗎？

人生中的情關最難跨越，幸好有詞相伴，成為我們心靈的知己，如此，世路走來，縱使崎嶇也悠然。

何以要寫這樣一本書？和以往的書有何不同？

我長年閱讀詩詞，自幼及長；加以十多年來，也寫了許多和詩詞相關的作品，曾經得到讀者的喜歡和稱揚，我覺得，我只是因為衷心喜愛而樂意分享。

這次，我選擇了宋詞來寫，也是由於我想測試自己再讀宋詞是否會有更深的會意？結合宋詞，我能不能讓生活過得更恬淡閒適？面對困頓和挫折的淬鍊，我能否堅忍心志、隨遇而安？在情愛的路上，能否慎始、自我省思，時時懂得珍惜並願意給予祝福？尤其是人生，花無日日好，人生哪能處處順遂？但願我們的生命不虛度，有優質的價值觀，崇高的理想，與人為善。

這本書的故事很多，您喜歡聽故事嗎？

選用故事來寫，是因為故事更為有趣，有生活故事，我自己以及朋友的生命故事，也有一部分是聽來的。因為各式各樣，有著美麗與哀愁，有著歲月的滄桑和悲涼，但願最後能歸結到平安靜好。

宋詞有哪些特色？是在什麼樣的時代背景下出現的？

文學是漸進發展的，絕非一蹴可幾。

一般來說，我們最古老的詩歌是從詩經開始，而後是楚辭、漢賦、樂府、五七言詩，這時已到了兩漢時期，逐漸從有長有短相間的句子，轉為整齊的五言詩和七言詩了。到了唐代，近體詩興起，講究鍛字鍊句，音韻和諧，意境開闊，人才輩出，蔚為風尚，唐詩因此登峰造極。

宋詞是唐詩的發展和延伸。

到了宋代，都會的興起和經濟的繁榮，庶民階層的擴大，生活水準的提高，有了更多的需求，於是打破了唐詩的嚴整格律，這些長短不一的句子更便於思想的表達與情感的抒發，具有強烈的音樂節奏韻律之美，也宜於歌唱。

詞原先產生於民間，能夠歌唱，帶有娛樂氣息，於是更大受歡迎，加上有文人甚至是文學家的參與，增加了美感，提升了層次，也奠定了宋詞崇高的地位，不容搖撼。

宋詞充滿了雅俗之美，音韻之美，色彩之美，性靈之美，幽微之美，更是豐富了我們的文學資產。

有哪些風格派別的宋詞呢？

宋詞分為豪放派和婉約派。

豪放派的題材廣闊而不受侷限，喜歡將時局與國事入詞，藉此反映民間生活。不免憂國憂民，慷慨悲歌。

這一詞派多半入詞宏遠、氣勢恢弘、坦誠率真，直抒胸臆。不以委婉為能事，但各詞人自有風格。

婉約派的風格，顧名思義，即婉轉含蓄。側重在兒女私情，結構深細縝密，音律婉轉和諧，語言圓潤清麗，在在顯示著一種柔婉之美。

內容不外離思別愁、閨情綺怨，宋詞雖比《花間集》在內容上有所開拓，運筆更加精妙，並且都能各具風韻，自成一家；然而大體上並未脫離婉轉柔美的軌跡。因此，前人多用曲折委婉，來形容他們作品的格調。

豪放派的代表，有蘇軾和辛棄疾。

婉約派的代表，有柳永和李清照。

這四位詞人都屬大家，風格雖然有別，卻都自出機杼，各有極多的擁護者，作品也絕妙出塵，都是不朽傑作。

那麼，您喜歡哪一位呢？

我都喜歡，一個都不能少。

為什麼現代人需要讀宋詞？宋詞對現代人有什麼啟發或重要性嗎？

身為現代人，每個人都有多重不同的身分、職責。年齡越大，責任越重，然而分身不易，真恨不得是千手觀音。

為此，我們的壓力都太大了，而壓力是百病之源。

壓力的紓解，有各種管道。唱歌、跳舞、運動、遊山玩水、讀書、畫畫、聽音樂……

我選擇閱讀，因為花費少，收效大。

書，可以借自圖書館，也可以由朋友推薦分享。

為什麼要讀宋詞呢？因為字字珠璣，只要一書在手，就可以神遊在文字的世界裡；又因為不明說，需要仔細推敲和琢磨，才能洞察其間的諸多幽微處。我們的心因此輕輕貼近，得到很大的撫慰和釋懷。

宋代雖然由於商業活動頻繁，都會興起，百姓生活大獲改善，宋朝的重文輕武，讓文學鼎盛，然而國力卻也積弱不振，造成外族入侵，人民流離失所。宋朝分為北宋和南宋，南宋是偏安的局面，有多少哀傷的歌、痛苦的淚！戰爭從來是最大的不幸，我們讀宋詞，詞作中也斑斑可見。

但願世間可以息了兵燹之災，世界大同，百姓安樂，歲月從此靜好。

您覺得什麼樣的讀者適合來讀這本書？

我以為每個人都適合。因為用字不深，故事卻很多。基本上，故事有情節、有發展，讀來也比較吸引人。讓情境再現，是此書最特別的部分，至於，書中引用到詞的部分，都有翻譯，不必擔心不明所以。

說不定，讀了這本書，您會覺得宋詞並不難懂，然而，如此優美和雋永多麼引人入勝。讀了這本書，或許，可以成為您正式讀詞的敲門磚，到那時，您當能一窺詞的堂奧之美，百官之富了。

我家小妹讀小二時，跟著我們看王藍的《藍與黑》，那是知名的抗戰小說，厚厚一巨冊。我們認為，她的年紀太小了，識字有限，必然是看不懂的。長大以後，我們重提此事，她說：「現在想起來，應該是看不懂的；可是，當時我分明覺得，我都懂啊。」我以為，她只是懂得她懂得的部分，至於戰爭的殘酷，人性的崇高與卑微，還是距離她有一點遠，仍然是需要歲月的教導。

但是，能在小小年紀就接觸到文學作品的美好薰陶，她何其幸運！也藉此埋下了，她後來成為「愛書人」的種子。與好書得以相依相隨，並多得智慧的啟發，真是幸福。

何況，宋詞更優更美，溫柔蘊藉，更耐人尋味，影響恐怕也更為深遠了。

您會喜歡宋詞嗎？

宋詞是光，溫暖的光，足以照亮幽暗的心靈角落，讓孤寂不再，希望重新蒞臨。您的心底，會有一朵花，緩緩地，微笑綻放。

此刻，我多麼像是一個獻曝的野人，熱切的，由衷的，盼望有一天您也會愛上宋詞。

琹涵

二〇二二年暮春

卷一

舊遊無處不堪尋

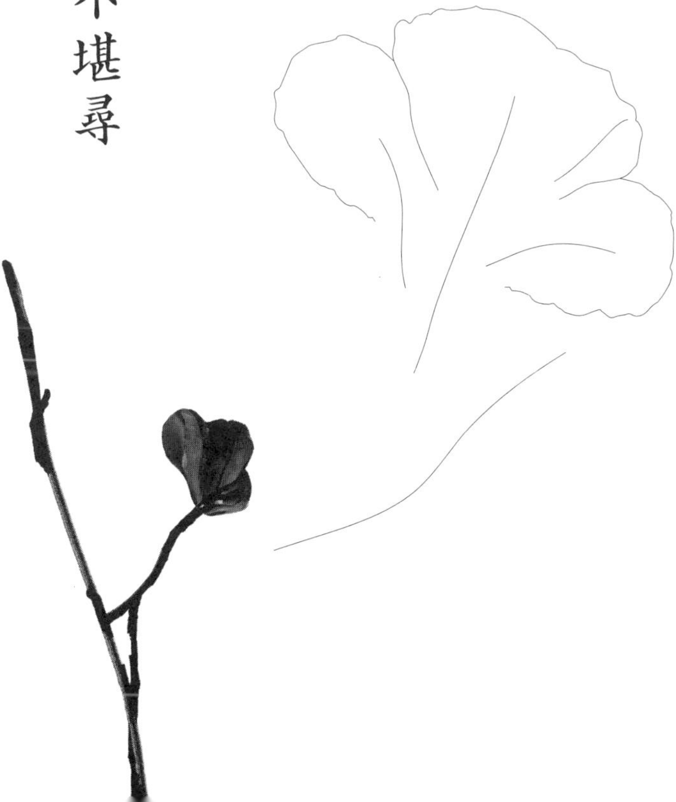

金鼠來報喜

春節來到，金鼠報喜，大家笑呵呵。

你喜歡過年嗎？過年的快樂，在於全家團聚，吃吃喝喝，情意交融，喜氣洋洋。

然而，所有的年節的歡樂都屬於兒童。是因為那天真爛漫的心，在久遠的期待之後，終於美夢得以成真嗎？

「日曆日曆，高高掛在牆壁，一天撕去一頁，使我心裡著急……」真的，年少時的我，心裡有多麼焦慮。為什麼不能一天撕去兩頁或三頁呢？等啊等，終於到了！心中的歡喜彷彿一下子就要爆開了。

兒童的天職在玩樂，春節是最長也最盛大的節日。不只穿新衣、戴新帽，吃盡平日沒有的好東西，還有壓歲錢可拿；更好的是，爸媽總是笑容滿面，不會生氣，更不會罵人……好處多多，遠超出想像。

長大以後，做事了，領薪了，一轉眼，竟然成了春節時給壓歲錢的人了！時間走得多麼快啊，肩上的責任重了，而責任也是甜蜜的負擔。

想到那春節無法返鄉的人，異鄉異客，有多少淒清。此時，若讀歐陽修〈青玉案〉，能不黯然神傷，心為之碎呢？

一年春事都來幾？早過了、三之二。
綠暗紅嫣渾可事，
綠楊庭院，暖風簾幕，有箇人憔悴。

買花載酒長安市，又爭似、家山見桃李？
不枉東風吹客淚，
相思難表，夢魂無據，惟有歸來是。

一年能有多少的春意呢？早過了三分之二的時光。暗綠的葉子，嫣紅的花，都使人感到歡喜。但庭院裡，綠楊深處，溫柔的春風吹透紗窗，其中只見一個形容憔悴的人。

在長安市上買花買酒，又哪裡比得上在家鄉欣賞桃花李花？我不怪東風吹出離人的淚，相思的心情無從表達，夢裡又難以捉摸，看來只有回家最好。

有家歸得，和親人團聚，又是何等的幸福！

金鼠來報喜了。鼠為生肖首，春乃歲時先。充滿盎然生意的春日，也緊跟著來臨了。

兒時，我聽過和鼠有關，最有名的民間故事是「老鼠娶親」。

很久以前，有一對老鼠夫婦生了一個女兒。從小備受疼愛，長大了美麗又乖巧，他們就想把她嫁給世界上最偉大的人。但，誰會是世界上最偉大的呢？

太陽普照大地，當然是最偉大的啊！於是他們興匆匆找到了太陽，但太陽說烏雲比他還厲害，雲一來他就被遮住了。趕忙去找了雲，雲說風更厲害，風一吹他便被吹跑了。再找了風，風搖搖頭，說牆比他厲害多了，遇到牆他可就被擋住了。找到牆，牆說，不，我最怕的就是你們這些會打洞的小小老鼠呢！

他們才恍然大悟，原來，我們鼠輩才是世界上最偉大的啊！於是即刻回家，舉行拋繡球選女婿。總算在大年初三，歡歡喜喜的把寶貝女兒嫁出去了，從此過著幸福美滿的日子。

好有趣的故事，相信大家都讀過。

我愛鼠的勤快和機靈。

人若勤，一勤天下無難事，何愁不能功業有成？

人若機靈，凡事制敵於先，何患不能名垂青史？

春節來到，金鼠報喜，祝大家鼠年行大運！

歐陽修（一〇〇七～一〇七二）

【簡介】

字永叔，自號醉翁，晚號六一居士，有《六一詞》傳世。是北宋詩文革新運動的領袖，為唐宋八大家之一。蘇洵父子、曾鞏、王安石皆出其門下。在散文、詩、詞方面都卓有成就。

他的詞多寫男女戀情、傷春怨別，也有寫景抒情、表現個人抱負和身世之感的詞作，雖未擺脫五代詞風的影響，創新的成分少，但文詞間真情流露，亦富有文學價值。歐陽修的詞在抒情和形象上都有所發展，更向民間學習，以通俗生動的口語入詞。雖然受馮延巳與晏殊的影響，卻能蛻變出新，成就更在晏殊之上。

【文學評價】

南宋羅大經《鶴林玉露》云：「歐陽公雖遊戲做小詞，亦無愧唐人花間集。」

宋朝曾慥《樂府雅詞》序曰：「歐陽公一代儒宗，風流自命。詞章窈眇，世所矜式。乃小人或作豔曲，謬為公詞。」

清劉熙載《藝概》云：「馮延巳詞，晏同叔得其俊，歐陽修得其深。」

留住生命的春天

只要有愛，我們就留住了生命裡的春天。

在過年期間，大家都放假，也因此手足間有機會相聚，大夥兒一起吃個飯。席間，我們談起了小時候的種種，真是有趣啊。我們因為年齡的差距，在家時當然一塊兒玩，平常放學後，彼此各有同學，呼朋引伴，四處戲耍。那時候，臺灣的經濟還沒有起飛，國家窮，一般民眾的生活也很拮据，爸媽也常為此而傷神。在捉襟見肘裡，我們的物質應該是很困窘的。可是為什麼沒有人說起當日的貧困呢？我分明記得，我們少有水果可吃，偶爾分到一根或半根香蕉，都十分珍惜，小口小口的吃，就怕一下子吃完，就沒有了。相聚的時刻，我們說的是曾經去哪裡玩，看漁帆入港，揀免費的戲尾看，過年的歡樂……

我想是爸媽竭力承擔了經濟上的困難，不曾讓我們知曉。處處給予我們的疼愛，讓現實的風暴距離遙遠，於是我們平安快樂的長大。記憶裡都是歡笑，沒有愁苦。

在成長的歲月裡，或許我們的物質不足，精神卻是豐厚的。長大後，我們也常相會。每次歡聚後，難免就要分手。一如朱藻的〈醜奴兒．春暮〉：

障泥油壁人歸後，滿院花陰。
樓影沉沉，中有傷春一片心。
閒穿綠樹尋梅子，斜日籠明。
團扇風輕，一徑楊花不避人。

騎馬的，乘車的都相繼回去之後，只剩下滿院子的濃密花蔭。陽光照耀下，只見高樓的斜影深深，樓中人懷著一片傷春的心。

走進庭院，隨意穿過綠樹，尋覓梅子。這時斜陽正照向樹林。風兒輕輕的拂著團扇，滿路的楊花紛紛撲向行人。

雖不能免於惆悵，心中仍有幾分的歡喜。

我後來在書上讀過這樣一個故事：

有一家孤兒院，收容了一個棄嬰，那棄嬰相當可愛，每天來上班的清理工人，看到她都忍不住逗逗她、抱抱她，也不過十分鐘。後來那棄嬰長大了，無論智育、心理或身體的發展都很不錯。追究起來，是因為幼兒時，有人陪她玩，還擁抱她給了溫暖。讓這個棄嬰因此不認為被遺棄，各方面的表現都令人稱揚。

愛，果然展現了它神奇的力量。

反之，就可能有許多負面情形的發生。例如疏離、不信賴、畏縮、火爆、反社會，終究成了一個難以相處，很不快樂的人。

可見，愛，有多麼的重要。

缺乏愛，縱使富可敵國，卻成了心靈上一貧如洗的人。想來，多麼令人同情。

感謝爸媽的疼愛和教導。終身爸媽都不是有錢的人，所得也只夠維持家人的溫飽而已。可是，我們從來不覺得日子過得艱難，做事以後，我們都能堂堂正正的，謹守本分，得到別人的敬重。

此刻回想，爸媽對我們的教養是成功的。在他們辭世以後，留給兒女無盡的哀思和懷念。

愛，使他們不吝惜給予大量的疼惜和良好的榜樣。

因為有愛，我們就留住了生命裡的春天。

朱藻（生卒年不詳）

【簡介】

字元章，號野逸，處州縉雲（今屬浙江）人。兩宋之間的詞家，南宋高宗紹興三十年進士。孝宗淳熙十五年，由知浦城縣擢升通判江陵府，後官終煥章閣待制。著有《西齋集》十卷，可惜已佚，《全宋詞》只收錄其詞一首。

夏日芒果

閒暇時讀詩詞，讀到一闋和夏天有關的作品，那是蔣元龍的〈好事近・初夏〉：

葉暗乳鴉啼，風定老紅猶落。
蝴蝶不隨春去，入薰風池閣。
休歌〈金縷〉勸金卮，酒病煞如昨。
簾捲日長人靜，任楊花飄泊。

待哺的小烏鴉在密林裡啼叫，風已止息，謝了的花仍在飄落。蝴蝶依舊翩然起舞，並沒有隨著春而離去，反而跟著初夏的和風飛入了池閣。

不要再唱〈金縷曲〉勸酒，我喝酒成病已超過昨天。簾幕高捲，長長的白晝顯得十分安靜，就任楊花在庭院裡四處紛飛飄揚。

由熱鬧寫到寧靜，彷彿時光也因而悠長了起來。

你會喜歡夏天嗎？

我不喜歡夏日，因為熱浪襲人，無處可躲，簡直讓人受不了。

可是，夏日的水果多而甜，彷彿是酷暑的補償。

好吃的芒果，是其中之一。

你吃過哪一種芒果呢？它的品類很多，各有特色。土芒果？愛文？金煌？

這些年，還推出了新產品，那是來自高雄小港的「夏雪」。夏天裡哪裡來的雪？這麼夢幻的名字，多麼引人遐思。它兼具了土芒果的香氣，金煌的果肉和愛文的碩大，簡直是匯集了所有的優點，難怪備受消費者的青睞。

我也喜歡芒果，香軟甜蜜，真是好滋味。

臺灣南部是芒果的盛產之地，記憶裡，小時候，玉井就是知名的產地。後來我到白河教書，經常看到芒果樹就種在路的兩旁，許多年以後，枝葉濃密，交纏而為綠色隧道，灑下了無數的清蔭。涼風吹來，枝葉飛舞，也是很特別的景觀。

芒果樹到處都是，庭院裡，寺廟旁，水庫邊……到處都看得到他們的身影。有個女孩曾跟我說：「有一次坐在岸邊。一陣風吹過，芒果就落在我的裙子裡。擦一擦，就正好吃了。」

我心裡想，哪裡會這麼巧？卻看到她一臉燦爛的笑容，彷彿是一樁迷人的回憶。我便也放棄了繼續追問，就相信那是真的吧。就像一則美麗的傳奇，讓往事更加讓人懷念。

有一年暑假，我跟爸爸到美國探望弟弟妹妹，只有媽媽一個人留守臺灣麻豆的家。我們常打電話跟媽媽問好，畢竟有些不放心。媽媽卻開心的說：「每天都吃芒果！」的確，那是個芒果盛產的季節。揣想媽媽的大快朵頤，歡喜就好。

如今，父母都在天上，夏日裡，我每吃到一種甜美的水果，總有很深的思念。家人團聚，一起享用水果的美好，已經成了心版上不可磨滅的圖畫。原來，能相守，就是幸福。為什麼粗心的我要到很久很久以後，才真正明白呢。可惜，時不我予！心中不免惆悵。

夏日芒果，我吃起來，甜蜜裡，總有一絲悵惘在心頭，卻很難說得清楚。

蔣元龍（生卒年不詳）

【簡介】

字子云，丹徒（今江蘇鎮江）人。宋代詞人，以特科入官，終縣令。《全宋詞》存其詞三首。

【文學評價】

俞陛雲《唐五代兩宋詞選釋》評其詞「氣靜神怡，令人意遠」。

我的祕密基地

小時候我們住的是日式房子。寬宅大院，院子裡，不只有假山流水，還種有各種果樹和花木。

我最喜歡的是房間中的許多儲物櫃。只要打開木製拉門，就可以看到分成上下兩大格。下格多裝棉被枕頭，有的裝各種工具。上格則裝各類物品，例如美麗的杯盤、成套的茶具等等。

靠近床的儲物櫃，其實是衣櫥，整齊的擺放媽媽的大衣、旗袍、各式毛衣、洋裝、外套等等。比較常穿的四季衣裳，分門別類的掛著，方便媽媽取用穿著。真是琳琅滿目啊，小小年紀的我常看得目不暇給。心裡想著：長大真好！就可以穿這麼漂亮的衣裳了。

衣櫥是我的祕密基地。

只要爸爸去上班，媽媽不在家，我就小心翻看那衣櫥，雖然旗袍我不能穿，外套、洋裝都嫌過長又太大……可是那樣的衣料、顏彩都散發著神祕的、無可言喻的美。什麼時候我才能長大，可以穿這樣的衣裳呢？我常焦慮的問著自己。真恨自己長得太慢啊！

有一個假日中午，大人都不在，好像是去喝喜酒，兒時的玩伴來找我玩「捉迷藏」，我偷偷躲進衣櫥裡，躺在媽媽的大衣上，溫暖安恬。我彷彿聽見外頭的小朋友在喊我的名字，我沒有作聲，然後就睡著了……直到有人搖醒了我。原來，喜宴終了，客人四散，爸媽回到家來，打開衣櫥，赫然見到甜睡的我。幸好那日式拉門還留了不小的縫，可供我自在呼吸。

「居然睡在衣櫥裡，都沒有人知道？」長大以後，媽媽常拿這事來笑話我，而我明白在她笑容的背後是無盡的疼愛和包容。

會不會快樂的童年正是我的生命中的桃花源呢？

一如我喜歡的司馬光的〈阮郎歸〉：

漁舟容易入春山，仙家日月閒。
綺窗紗幌映朱顏，相逢醉夢間。
松露冷，海霞殷，匆匆整棹還，
落花寂寂水潺潺，重尋此路難。

乘著一篙風快，漁船很輕易的就進入了深山，遇到了神仙。看他們沒有世俗的煩惱，日日悠閒過活，多麼讓人羨慕。仙女們的住處，戶戶裝飾綺麗的窗子，還有紗做的帷幔，和青春的容顏相映成趣，我們這般的相逢，有若在醉夢之間，多麼難以相信會是真的啊。

松樹上垂掛的露水已經寒涼，海上的彩霞也已逐漸轉為昏暗，我們終究想家，匆忙啟程歸航，仙女們極力挽留，還是不為所動。春天將過，只見到眼前的落花寂寂，流水潺潺而去，終於回到原來的世界。可是怎麼知道，此後，想要再回那樣的仙境，重尋這條路，竟是難了。

夢裡天堂，豈是輕易可得？紅塵試煉，誰也不能免……

如今父母都在天上，而衣櫥一直是我心靈的祕密基地。每當我看到衣櫥，我就想起媽媽的微笑以及她給予的無盡的愛。

司馬光（一〇一九～一〇八六）

【簡介】

字君實，號迂叟，陝州夏縣涑水鄉人，世稱涑水先生。為北宋政治家、文學家與史學家，編纂了中國歷史上第一部編年體通史《資治通鑒》。其為人溫良謙恭、剛正不阿，受人景仰。詞作傳世甚少，《全宋詞》只收錄〈阮郎歸〉、〈西江月〉、〈錦堂春〉三首，其詞不加矯飾，直抒胸臆。

【文學評價】

司馬光以畢生心力編纂《資治通鑒》，清代學者王鳴盛說：「此天地間必不可無之書，亦學者必不可不讀之書。」

下廚的快樂

下廚，曾經為我帶來許多生活的趣味。洗洗、切切、炒炒，就像變魔術一樣的成為可口佳餚，暖胃又暖心。

我小時候，由於家母的身體一向很弱，每每做完餐，勞累太過，胃口全無，常需要躺下休息，無法和大家一起共餐。身為長女的我，十三歲就被母親訓練好以接掌廚房工作。

我責無旁貸。從來熱愛美食的家父則大喜過望，不斷敲著邊鼓，恨不得我能立刻取而代之。

我的確很快的取代，只是，平日要上學讀書，不見得有空下廚，寒暑假倒也可以試試。只是把菜炒熟，毫無成就感可言，於是我找來食譜，逐步來做，倒也有模有樣。家父大樂，恨不得日日點菜、餐餐不同。

這下子，家母不累了，可以跟著我們同桌共餐，胃口很不錯，多麼令人感到安慰。

做餐，在我不難，卻老是把它當作「雕蟲小技」，不願太過費心。也許學得早，更容易得心應手，舉一反三。

大學畢業以後，我到鄉下的國中教書，和幾個一樣年輕、同屬來自外地的女老師住在一起。平日我們兩人一組，輪流買菜掌廚，還要帶便當。那時候我才知道，年少時所習得的廚藝正好派上用場，而且駕輕就熟，很容易就可以贏得稱揚，真是始料所未及。

後來，我調回臺北教書，有了自己的房子。有時候，請朋友們來吃飯，親自下廚做餐，也不是難事。請到家裡來用餐，讓人覺得更為自在溫暖，賓主皆歡。因此有空時，我常請客。或許，那時候年紀輕，身手敏捷。後來有一段時期，因為太忙，工作的時間很長，於是，下廚，幾乎成了我工作之餘的休閒，我也覺得很好，樂意為之。

一個人要能自立，至少先學會照顧自己，我也的確都做到了。如今想來，這都是年少時的往事了，由於充滿了溫暖，常令人回想。記得，詞家章良能在〈小重山〉中所描繪的：

柳暗花明春事深。小闌紅芍藥，已抽簪。雨餘風軟碎鳴禽。遲遲日，猶帶一分陰。

往事莫沉吟。身閒時序好，且登臨。舊遊無處不堪尋，無尋處，惟有少年心。

柳條深黯，花枝明媚，儘管春色是這般燦爛，也快到暮春的時節了。欄杆旁，豔紅色的芍藥花已經含苞結蕊，就等著要熱烈綻放了。微風細雨中，只聽得雀鳥細細碎碎的鳴叫聲。在這初晴暖和的日色裡，卻仍帶有一分陰涼。

想起了前塵往事，更無須留戀傷感，如今身體安適自在，趁著好春光，何妨登臨望遠。舊遊的蹤跡，處處都能找尋。唯一無從尋覓的，是那年少時無憂無慮的心情了。

少年心何其珍貴，一如青春的短暫！真的，莫負韶光，春易老……

只是，最近我發現自己的體力已經沒有從前好了，請客的次數也因此大減，只是做給自己吃，依舊輕而易舉。

我因此覺得，生活必需的技能越早學習越好，因為受惠的時日更長。

感謝家母在我年少時教會了我下廚，為生活增添了許多樂趣，也結交了不少喜歡做菜的朋友，可以彼此切磋廚藝，更是樂事一樁。

章良能（生年不詳～一二一四）

【簡介】

字達之，處州麗水縣（今浙江麗水市）人，遷居湖州吳興（今浙江湖州市）。南宋孝宗淳熙五年進士，宋寧宗時擔任參知政事。寧宗嘉定七年卒，謚文莊。他是周密的外祖父。周密《齊東野語》曰：「外大父文莊章公，自少好雅潔，性滑稽。居一室必泛掃巧飾，陳列琴書。」著有《嘉林集》，已失傳。

茶有清芬

尋常生活裡，你愛喝茶嗎？
我們是一個愛茶的民族，即使是尋常百姓，茶居生活中，其重要性也就不言可喻了。
曾記得，黃庭堅有〈品令・茶詞〉：

鳳舞團團餅。恨分破、教孤令。
金渠體淨，只輪慢碾，玉塵光瑩。
湯響松風，早減了、二分酒病。

味濃香永。醉鄉路、成佳境。
恰如燈下，故人萬里，歸來對影。
口不能言，心下快活自省。

幾隻鳳凰在鳳餅茶上團團飛舞。只恨有人將茶餅掰開，鳳凰各分南北，孤孤零零。將茶餅用潔淨的金渠細心碾成瓊粉玉屑，但見茶末的成色純淨，清亮晶瑩。加入好水來煎，湯沸聲竟如風過松林，已經將酒醉之意減了幾分。

煎好的茶水味道醇厚，香氣持久。飲茶也能使人醉，但不僅沒有醉酒的苦，反而覺得神清氣爽，漸入佳境。就如同獨對孤燈時，故人從萬里之外趕來相逢。這種妙處只可意會，不可言傳，唯有飲者才能真正體會其中的情味。

宋人尚茶、愛茶，而黃庭堅生長於茶鄉修水，從小耳濡目染鄉親們種茶、採茶、賣茶的生活，對茶和茶農自然懷有深厚的感情。黃庭堅一生輾轉飄泊，多有沉浮，縱使與家鄉漸行漸遠，然而，茶的氣息中仍蘊藏著他念舊懷遠的心緒，也表現出對品茶的喜愛與對家鄉的深刻懷想，令我們讀來有更深的感動。

茶有清芬，在我周遭，愛茶的朋友很多，性情也都溫和。

我喝茶很早。從小看著祖母、爸媽喝茶，於是自己也跟著喝，久了以後，成為日常。

喝茶，總能讓我原本紊亂的心思很快歸於沉靜。

尤其，在浮華紛亂的人世間，因著愛喝茶，我擁有一方寧靜的空間。室雅何須大，只要有一個潔淨的小角落，那麼，就喝杯茶吧！遠離陷阱和誘惑，心中清明的智慧抬頭，哪裡會被世俗的名利所蒙蔽呢？

喝茶時，你都在想些什麼呢？

茶溫潤而不囂張，這是我愛茶的原因之一。喝茶早已成日常生活。君不聞開門七件事——柴米油鹽醬醋茶，總是不可或缺。我們接受它，也一如陽光、空氣和水。如此自然，也如此不須刻意。

我希望自己的人生，也有茶一般的滋味，親切、溫煦，充滿善意，沒有咄咄逼人，也不須矯柔造作。

閒暇時，我喝茶；忙碌時，也喝茶。開心時，我喝茶；憂心時，也喝茶。

茶，是我一日不可或缺的友伴。

想起年少時，經常看到爸媽，在假日午後的時光裡，一起喝茶、聊天的歡愉情景。

此情此景已不再，令人無限思念。

黃庭堅（一〇四五～一一〇五）

【簡介】

字魯直，號山谷道人，晚號涪翁，擅文章、詩詞，尤工書法，與張耒、晁補之、秦觀並稱「蘇門四學士」。其詩名尤盛，詩與蘇軾並稱「蘇黃」，詩作風格主張借襲古人章句以創新意，影響後世深遠，為江西詩派開山之祖，有《豫章黃先生文集》、《山谷琴趣外篇》。詞與秦觀齊名，晚年詞作接近蘇軾，詞風深於感慨，豪放秀逸。

其書法別樹一格，擅行書、草書，尤擅草書，與蘇軾、米芾、蔡襄並稱「宋四家」。「宋四家」都以行書見長，但只有黃庭堅的草書藝術成就高。其遇紙即書，直到紙盡為止，所以他的草書不為舊規矩所束縛。被視為繼懷素、張旭之後，宋代最重要的草書大家。

【文學評價】

宋朝朱弁《曲洧舊聞》曰：「東坡文章至黃州以後，人莫能及，唯黃魯直詩時可以抗衡。」

晁補之云：「魯直間作小詞固高妙，然不是當行家語，自是著腔子唱好詩。」

一個多麼好的禮物

總是在回顧的時候，我們才能明白上天的深意。

有一天，弟弟過來我這兒聊天。這個弟弟是我很疼愛的，只比我小兩歲。從小書讀得好，人也循規蹈矩。喜歡文學，雖然讀的是工程，長大以後在大學教書。

他跟我說，他小時候，身體不好，經常請假在家。

真的嗎？為什麼我沒有印象？

我只記得自己小時候，老是流鼻血，也常生病，媽媽老要跑到學校去替我請假。後來，老師一看到媽媽，就揮手要媽回去，意思是知道了，我又生病了。

弟弟也在很小的時候就被媽媽帶往圖書館看書和借書。

弟弟說，後來，圖書管理員就讓他自由出入書庫去挑他想看的書。可是在那樣的年代，圖書館的藏書並不多，很快就看完了，於是他只好不斷的反覆看。

他說：「看了很多書，可是不會用。」

這是男女有別嗎？還是個別差異呢？記得我在童年時，作文就已經嶄露頭角，領先同儕了。

我想起來了，他好像是到了考研究所和公費留學考試時，作文分數就非常高了。說不定是到那個時候，他才豁然開朗，終於懂得如何運用多年來從閱讀習得的文字技巧。

的確，是慢了一點。然而也無妨，一個工程師或學者又具有人文素養也是很優質的。他以專業來養家活口，而人文氣息讓他成為一個有內涵而溫暖的人，其實是很讓人羡慕的。

昨日已成往事，而書也的確可以成為友伴，讓人生的路走來更為溫馨有趣。

有一闋詞，是我很喜歡的。那是劉過〈唐多令．重過武昌〉：

蘆葉滿汀洲，寒沙帶淺流。
二十年、重過南樓。
柳下繫船猶未穩，能幾日，又中秋。

黃鶴斷磯頭，故人曾到否？
舊江山、渾是新愁。
欲買桂花同載酒，終不似，少年遊。

沙洲上遍地蘆葦，有一道清澈的溪流繞岸而過。現在重到安遠樓小集，轉眼居然已有二十年了。我們將船停靠在柳樹下，還沒繫穩呢，再過幾天，又是中秋佳節了。

黃鶴樓旁，不知故人是否曾經再來？江山依舊，卻不免蒙上一層淡淡輕愁。我想買些桂花來下酒，終究不再是以前年少時的心境了。

書也是故人。而我讀書寫作成這樣，不知該如何說了？終究不悔。

身體不好的童年已經成為遙遠的過去了。看了很多書，能優游於書海，是上天對弟弟的疼惜。那是一個多麼好的禮物！恐怕也是在很久以後他才真正了悟吧？

劉過（一一五四～一二〇六）

【簡介】

字改之，號龍洲道人。吉州太和（今江西泰和縣）人，長於廬陵（今江西吉安），去世於江蘇崑山。四次應試不中，終身未仕。曾為陸游、辛棄疾所推賞，亦與岳珂、陳亮交好。詞風和辛棄疾相近，與劉克莊、劉辰翁有「辛派三劉」之譽，又與劉仙倫合稱為「廬陵二布衣」。有《龍洲集》、《龍洲詞》、《龍洲道人詩集》等作品。

【文學評價】

陶九成《輟耕錄》云：「改之造語贍逸有思致。」

劉熙載《藝概》卷四稱其詞：「狂逸之中，自饒俊致，雖沉著不及稼軒，足以自成一家。」

天堂歲月

近日我讀她的書，很年輕的作家，出第一本書的時候，年僅二十三。多麼令人驚歎，真是早慧啊！

我想，二十三歲的我，那時在做什麼呢？

大學已經畢業，我讀的還是中文系，十幾歲起就已經開始寫文章，四處投稿了。問題在，我畢業以後去白河教書，白河有「蓮花故鄉」的美譽，教書也很好，我很喜歡。只是，太熱衷了，完全把寫作拋到九霄雲外。整天跟學生們攪和在一起。上課時，當然是職責所在，盡心盡力，也是應該。放學後，小女生們還跑來聊天、吃東西。我完全忘記還有寫文章這件事。

持續的寫作，一直是母親對我的期待。或許，她希望我是作家而不只是老師吧。我自小得到母親的帶領和栽培，從閱讀出發，她想方設法讓我很快的喜歡上文字，也的確花費了不少的力氣。其實，如今想來，我有她的基因遺傳，心性上根本是比較親近文學的。

教書時，我的母親不容易管到我，也是由於為了教書方便，我住在白河，放假時，才有可能回麻豆的家。

那段不短的時日，我的確沒有那麼認真寫，純屬向母親交差罷了。雖然寫了，發表了，也沒有用心剪貼，剪貼的工作完全由母親代勞；直到我嫌她貼得不夠美，才收回，自己處理。此刻想起，會不會她根本就是故意的？我自己剪貼，當然少了母親費心。說不定她正中下懷，心裡高興不已。

總之，我並沒有把寫作放在心上。然而，日積月累，幾十年以後，剪貼的作品數量還是相當驚人的，經常有讀者朋友透過報社寫信來問：「何處可以買到您的書？」我答以「沒有書。」卻從來不曾興起出書的念頭。

所以，儘管我寫作早，出書卻很晚。或許，也是要到那個時候，才水到渠成的吧。

總之，二十三歲時我在白河，整天和我心愛的「小蓮花」們快樂的過著日子。那真的是屬於我的天堂歲月，如此的清純而又美好！

如今回憶起來，都已經是陳年往事了，青春的歲月已然遙遠，連當年課堂上的學生現今恐怕也近中年了呢，思之不免惆悵。

浮上心頭的是晏幾道的〈木蘭花〉：

東風又作無情計，豔粉嬌紅吹滿地。
碧樓簾影不遮愁，還似去年今日意。
誰知錯管春殘事，到處登臨曾費淚。
此時金盞直須深，看盡落花能幾醉。

東風又跟往日一樣無情的吹起，所有繽紛的花朵都被吹落了一地。高樓上的簾子低垂，卻遮不住我心中的愁緒，仍像去年今日一樣。

誰知道當初就不應介入這殘春的情緒，每登臨一地，常因聯想而忍不住落淚。現在舉起酒杯就必要沉沉醉飲了，落紅易盡，然而人的一生又能痛快的醉上幾回呢？

傷春裡猶有抹不去的深情，這樣的詞，讀來仍不免別有懷抱。

那麼，就祝福曾經和我在人生道上相遇的學生吧，尤其感謝曾經共度的那一段天堂歲月，多麼讓人懷念；也祝福我自己，但願日日都是好日，無有傷悲。

晏幾道（一〇三〇～一一〇六）

【簡介】

字叔原，號小山，是詞人晏殊的第七子。自小過著榮華富貴的生活，中年時家道中落。其仕途不如父親順遂，僅做過一些小官，歷任潁昌府許田鎮監、乾寧軍通判、開封府判官等。有《小山詞》詞集傳世。

【文學評價】

其創作多為令詞，詞風與晏殊近似，語言清麗，感情真摯。詞壇上稱其父子為「臨川二晏」。宋朝王灼《碧雞漫志》：「叔原詞，如金陵王、謝子弟，秀氣勝韻，得之天然，將不可學。」清朝陳廷焯《詞壇叢話》：「晏小山詞，風流綺麗，獨冠一時。」明末毛晉汲古閣本《小山詞跋》：「諸名勝詞集，刪選相半，獨《小山集》直逼花間，字字娉娉嫋嫋，如攬嬙、施之袂，恨不能起蓮、鴻、蘋、雲，按紅牙板唱和一過。」

都是美麗惹的禍？

都經過這麼多年了，我思前想後，原來，美麗也可能會惹禍！

出第一本書時，是四十年前的事了，我找的是當年出書最美麗的「水芙蓉出版社」。很快的簽約，書也印出來了，封面是知名畫家龍思良的作品，的確美麗非凡，為整本書增添了光采。

第二年年底，又出了另一本，美麗依舊不負眾望。

不想幾年以後，驚傳水芙蓉關門，我的出書計畫因此暫停。

那是個還不講究包裝的年代，書市上一片樸實，以內容取勝。那時，美麗的書並不多見。後來，我每次和出版社談出書事宜時，重點都在「封面要美」。每次拿到新書，也總是覺得封面不夠美，心中略有憾意。

有一天，家母跟我說：「哪有出版社會希望自家出的書封面不美的呢？如果做不到，有可能是你的要求高，也有可能是彼此的品味不同。美與不美，其實仍有幾分見仁見智。如果對方努力了，就不宜再提。」從此，我不敢再說。

如果拿書來比人，那麼，到底我私心傾慕，希望她會有多美呢？竟彷彿是張先〈醉垂鞭〉中，美麗女子的再現：

雙蝶繡羅裙，東池宴初相見。
朱粉不深勻，閒花淡淡春。

細看諸處好，人人道柳腰身。
昨日亂山昏，來時衣上雲。

裙子上繡有一雙美麗的蝴蝶，記得與她初次見面，是在東池的宴會上。她的脂粉不濃，淡淡的，像春花一般的清雅。

細看她，全身都很勻稱而美，人人都特別稱讚她的纖腰如柳。昨日更像是來自黃昏的群山寂寂中，衣袂飄飄，好似沾滿了一身雲霞……

即使是淡妝亦美，宛如春風裡的一朵杏花。美人無處不美，有如從彩雲中走了出來。

唉，我真不知該去哪裡找？我只好去看書市中，哪一家的出版品最美，果然「漢藝色研」最得我的青睞，於是找機會去出，過程也都順利。再後來，書籍一片繽紛，各有千秋，每家出版社出的書一本比一本美，幾乎無須比較了。

此刻回想，當年有些出版社居然允許我重換封面，只因我認為封面不美。其實是寬宏大量，給了特別的禮遇。如今，我終於明白自己年輕時，曾經有多麼的不懂事！

不過，一生中擁有那麼多本美麗的書，還常贏得詩人朋友們的謬賞與欣羨，也令我覺得很開心。

然而，每次出書時，仍有很多心情的跌宕起伏和悲喜交集，難道這都是第一本書的美麗惹的禍嗎？

張先（九九〇～一〇七八）

【簡介】

字子野，詞以小令為主，詞風含蓄雅正，意象繁複，在詞的體制從小令向慢詞的過渡中，於北宋詞壇開風氣之先，與柳永齊名。其詞作〈行香子〉有「心中事，眼中淚，意中人」之句，當時人們替他取了別名為「張三中」，因有詩句「雲破月來花弄影」、「浮萍破處見山影」、「隔牆送過鞦韆影」之句，自號「張三影」。

張先寫「眼前景，身邊事」，創造不少抒情寫景名句，提高詞的藝術品味。創作的慢詞，對慢詞的藝術發展產生影響。自此，詞與詩同樣具有表現創作者自我生活與心靈世界的功能。

【文學評價】

明朝楊慎於《詞品》稱張先詞作〈繫裙腰〉「詞穠薄而意優柔，亦柳永之流也」。

清末詞家陳廷焯云：「張子野詞，古今一大轉移也。前此則為晏歐、為溫韋，體段雖具，聲色未開；後此則為秦柳、為蘇辛、為美成白石，發揚蹈厲，氣局一新，而古意漸失。子野適得其中。」

《詞學通論》中引吳梅評價稱：「子野上結晏、歐之局，下開蘇秦之先，在北宋諸家中適得其平，有含蓄處，亦有發越處。但含蓄不似溫、韋，發越亦不似豪蘇膩柳。規模既正，氣格亦古，非諸家能及也。」

讀寫的幸福

她在文壇上成名得很早，認識她時，她的聲名顯赫，如雷貫耳。然後，她出國，赴美陪兒女讀書，最後，全家都留居美國。她偶爾回臺灣探訪親友，然而，來去匆匆，我們很難見上一面。

十多年後，我到日本旅遊，竟然和她巧遇在旅店的大廳。多麼意外的相逢！所有的文字都無法形容當時心中雀躍的歡喜。我們曾經長談幾近一整個下午，我力勸她重拾文筆。她會寫，而且寫得好。如果不寫，不是太可惜了嗎？再不寫，恐怕將沒有機會出書了。

隨著年事日高，精神和體力的不堪負荷，下筆將逐漸變得艱難；何況，紙本書日益式微，閱讀的人口以我們想像不到的速度大量流失，若再遲疑，想要出書恐怕難上加難，更不容易找到好機會。

由於我言之鑿鑿，於是，她跟我說，她要寫。可是，遲遲不見有動靜，都兩年了。

她總是說，要慢慢寫。

我很驚奇，心想：慢慢寫？來得及嗎？

有一天，我突然明白，是她的年歲大了，十多年來已然擱筆沒寫，她可能早已力有不逮了。何況「江山代有才人出」，新一代的年輕作家早已出人頭地，占有一席之地。

我曾經讀過女詞人李清照知名的〈如夢令〉：

昨夜雨疏風驟。濃睡不消殘酒。
試問捲簾人，卻道海棠依舊。
知否？知否？應是綠肥紅瘦。

昨天夜裡細雨紛飛，卻又狂風大作。因為酒意未散，沉沉的睡去。我問窗前捲簾的人，她說，海棠花依舊和原先一樣。你知道嗎？你知道嗎？現在該是紅花即將凋謝，又見綠葉更加繁茂的季節了。

世間事無法盡如人意，遇到難題，各自的解讀也南轅北轍，其間或許也有難言之隱，因此我覺得寬容是必要，諒解是必要。

這讓我想起了我的母親，年輕時候的母親是能寫的，可惜來不及出書、成為作家，進入婚姻以後，勞累太甚，日日操持家務，養兒育女，作家的夢因此煙消雲散。

難道是因為這樣，母親才竭力引導並帶領我從事文字創作？幸好，事實的發展也如她所願，我終究成了勤於筆耕的作家。

原來，連寫作都需要持續不懈，稍一放手，就眼看著機會如飛的逝去。時不我予，竟成為人生的惆悵。於是，我念茲在茲，從來不敢懈怠。

一轉眼，我也寫了一百本書了，我以這樣的努力來回報母親的褓抱提攜，如海的恩慈。

其實，我清楚的知道，韶光遠逝，任誰也無法強留。我遲早也會面臨無法再寫的時刻。如果我不能執筆創作，但願我還能閱讀，只要能和文字在一起，便是我的幸福。

李清照（一〇八四～一一五五）

【簡介】

號易安居士。是著名的學者李格非之女，生活在藝術氣息十分濃厚的家庭裡。十八歲時嫁給金石考據家趙明誠為妻。夫妻倆均雅好詞章，經常相互唱和，並共同認真於金石學的研究。

其詞富於性情與生命的表現，以女性特有的細膩感受，於作品中將意境深化，在藝術技巧上則別於古人，自出機杼，善用白描手法，以清麗淺白的語句，描繪出動人的形象，人稱「易安體」。

作品清晰的映現出個人生活境遇的變化，可概分為前後兩期。前期多描述閨情相思，充滿了對大自然的熱愛以及對愛情的追求，熱情浪漫、活潑天真，多有曼豔之作。後期則多寫國破家亡的離亂生活，沉痛哀傷，淒黯沉鬱。

【文學評價】

宋代朱熹曾曰：「本朝婦人能文者，惟魏夫人及李易安二人而已。」

明朝楊慎《詞品》指出：「宋人中填詞李易安亦稱冠絕。」

清朝沈曾植將李清照詞作的藝術魅力描述為：「墮情者醉其芳馨，飛想者賞其神駿。」

生命中的貴人

你是否探究過，誰是影響你生命的人？

那天，我在詩刊上讀她寫的〈我的文學夢〉。

某年某個人出現了，那是她的恩師，教她寫詩，鼓勵她用功，去投稿，參加文學獎比賽，還一起編輯刊物。可惜，才不過幾年，恩師走於一場意外的車禍，於是，她扛起了對方未竟的志業，直到自己人生的晚年。

這樣的一場師生佳話，多麼令天下人羡慕和動容。

世間的因緣無可解說。她的確因此成了知名的詩人，也努力鼓舞了年輕人來寫詩。她著作等身，辦活動，兩岸詩歌交流，將自己焚然成炬，生命因此更彰顯了意義和價值……

於是，我開始回想自己的過往人生：到底，誰是影響我生命的人呢？

許多師長都曾經給了疼愛和教導，旁人的善意和鼓勵也讓我不敢或忘，他們都是貴人，可是，在漫長的人生旅程中，當我行經幽谷，徬徨無依時，有誰為我持燈引照？

其實是母親。

或許，這是我更為幸運的所在。

我無須去期待相遇，更不必去尋覓機緣，就在我生命的初始，當我睜開了雙眼，看著這個充滿了奧妙和神奇的陌生人世時，母親就已經為我而等待了。

母親的陪伴、帶領和教誨，足以讓我擁有一個更為美好的人生，被疼惜、被愛護、被教導，我的生命因此豐足。

可惜，如今母親已在天上，我的思念無亟。

想起姜夔〈念奴嬌〉的詞：

鬧紅一舸，記來時，嘗與鴛鴦為侶。

三十六陂人未到，水佩風裳無數。
翠葉吹涼，玉容銷酒，更灑菰蒲雨。
嫣然搖動，冷香飛上詩句。

日暮，青蓋亭亭，情人不見，爭忍凌波去？
只恐舞衣寒易落，愁入西風南浦。
高柳垂陰，老魚吹浪，留我花間住。
田田多少，幾回沙際歸路。

小船上鋪滿了片片落紅，還記得初來的時候，穿過鴛鴦群中，還與牠們為友。三十六陂上，仍然不見她的身影，淡水邊卻有無數佳人，衣帶上還繫上環佩。荷葉上，吹來陣陣清涼，而荷花卻像中酒似的，半嬌半醉，當一霎菰蒲細雨吹過。她們微笑的輕輕搖動，這時彷彿有清冷的幽香飄入詩句中來。

已到了日暮黃昏，這時亭亭青碧蓋滿水面，仍然不見她的蹤跡，又怎忍心離去呢？只怕那單薄的衣裳，禁不住寒冷，易成飄落，那南方的水邊，西風吹寒，頓成愁懷。高高的柳條，垂下一片陰涼，魚兒吹動著浪花，吸引了我留在花間小住。周圍是田田的荷葉，再也找不到沙洲歸路了。

惜花裡，隱藏著多少懷人思緒，能向誰去訴說呢？

有一次我那愛看書的臉友，在臉書上貼了跟書有關的文章，我回應說：「我也喜歡閱讀。」她寫著：「你還愛寫。」

我誠實的招認：「寫，是我回報家母如海的恩情。」母女的情緣太深，即使如今母親在天上，我仍有深長的思念和記掛，永遠無法忘懷。

我也明知這樣的好運太難求，必然是前世燒了好香、結了好緣，才有屬於我今生天大的福氣。

姜夔（一一五五～一二二一）

【簡介】

字堯章，號白石道人，饒州鄱陽（今江西鄱陽）人。南宋詞人、音樂家。家貧，屢試不中，一生沒有做過官。工於書法，精通音律，詩詞散文無一不精，是難得的藝術全才。有詞中之聖之稱，其詞格律嚴密，題材廣泛。上承周邦彥，下開吳文英、張炎一派，是格律派的代表作家，對後世有很大的影響。與辛棄疾、楊萬里、范成大等人交遊。著有《白石道人詩集》、《白石道人歌曲》、《續書譜》、《絳帖平》等書傳世。

【文學評價】

張炎《詞源》指出：「姜白石如野雲孤飛，去留無跡。」

劉熙載《藝概》卷四稱：「白石才子之詞，稼軒豪傑之詞。才子、豪傑，各從其類愛之，強論得失，皆偏辭也。姜白石詞幽韻冷香，令人挹之無盡。擬諸形容，在樂則琴，在花則梅也。」

陳廷焯《白雨齋詞話》盛讚：「姜堯章詞，清虛騷雅，每於伊鬱中饒蘊藉，清真之勁敵，南宋一大家也。夢窗、玉田諸人，未易接武。」

朱彝尊《詞綜．發凡》曰：「詞之南宋始極工，姜堯章最為傑出。」

《四庫全書》：「夔詩格高秀，為楊萬里等所推，詞亦精深華妙，尤善自度新腔，故音節文采，並冠一時。」

卷二

悲歡離合總無情

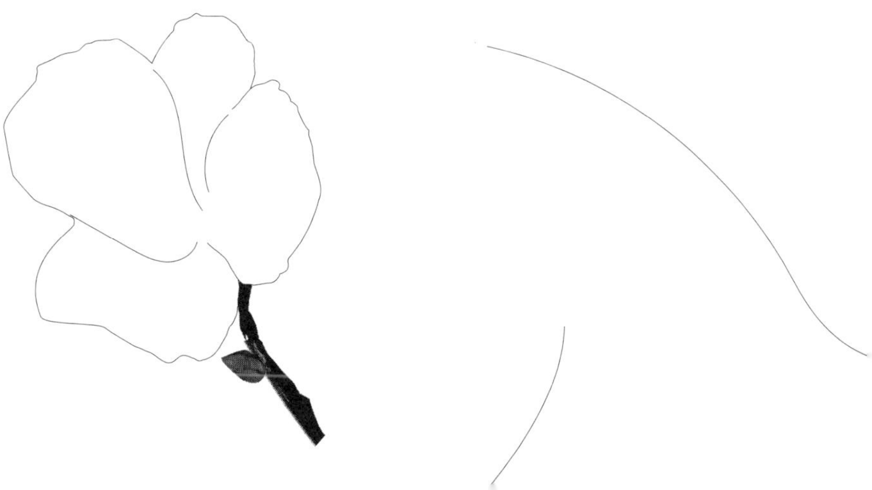

永恆的春天

春天，永遠是屬於愛和祝福的。

週末的下午，我和年少時的好朋友柳燕聊天。談到她的好朋友容伊，容伊讀國小時，曾獲國語科任老師所贈的一枝筆，受到很大的鼓舞，後來容伊讀書、寫作、教書，都有很好的成績。長大以後的容伊將此歸功於當年老師的那一番鼓勵。

很久以後，連容伊都退休了，想起要尋訪當年的恩師。容伊住臺北，恩師曾和柳燕有過短暫的同事之誼，這事就交由柳燕來辦。

柳燕很快的問出了地址，容伊因此專程南下拜訪老師，當然由柳燕相陪。

老師住在鄉下的一座老舊的三合院裡，獨自一個人。聽說，晚年和師母離婚了，各過各的生活，兩不相涉。

沒有門鈴，她們在門外喊了許久，終於，老師來開門了。她們入內小坐，對於當年老師送筆給容伊的陳年往事，早已如煙散去，老師完全不記得了；可是卻鼓舞了容伊，容伊為此有著無限的感恩。

容伊的恩師在退休以後，勤於作畫，這般精進，依舊是學生們的楷模；只是，少了女主人的家，畢竟有著幾分寂寥，尤其家事的乏人打理，恩師的生活起居可能需要獨力承擔，加以年歲大了，恐怕會覺得比較吃力。然而，他有著寬闊的心靈世界，或許也是快樂的吧？……

柳燕、容伊和我都是往日相熟的朋友，也都曾經是老師，在杏壇上奉獻了我們最珍貴的青春。

如今，青春已然走遠，卻因為當年課堂上和學生們所結下的好緣，讓我們經常在路上、咖啡廳、飯館裡，巧遇昔日的學生。長大以後的他們願意前來相認，更在各行各業中力爭上游，也帶給了我們很大的驚喜和安慰。

教學，果然是生命的帶領和啟發，多麼有意義和價值。

感謝人生是漫漫長途，由於曾經認真以赴，回報也是豐美的。縱使有一天，暮年將屆，我們的心中沒有遺憾。

想起我曾經多麼喜歡蔣捷的〈虞美人·聽雨〉：

少年聽雨歌樓上，紅燭昏羅帳。
壯年聽雨客舟中，江闊雲低、斷雁叫西風。
而今聽雨僧廬下，鬢已星星也。
悲歡離合總無情，一任階前、點滴到天明。

記得少年聽雨的時候，總是身在歌樓之中，伴著我的是燭光烘照得昏紅朦朧的羅帳。壯年聽雨的時候，我卻是在為生活奔波的船上，面對的是遼闊的江水和低重的雲層，夾雜著孤雁劃破西風的淒涼啼聲。

而現在我聽雨的地方，竟然是在寧靜的僧廬下，鬢絲已白，人世的悲歡離合只是一場無情的變遷。此刻我淒涼的心境，正陪著階前的雨水，點點滴滴，直落到天明。

這聽雨的三種不同過程，又何嘗不是人生境界的寫照呢？……教書，曾經是我們不悔的選擇，如今證明，也豐富了我們的人生。世上有什麼能比帶領年少的生命走出更好的未來還有意義的呢？

我跟柳燕說：「所以，一個老師要多多鼓勵學生。老師的鼓勵，說不定影響深遠，甚至改變了學生的整個人生。」

當年的鼓勵，在老師的心中，或許以為不過是尋常事；然而，那曾經有過的小小溫暖，帶著關懷和祝福，最終竟然是給了學生一個生命中永恆的春天。

蔣捷（一二四五～一三〇一）

【簡介】

字勝欲，號竹山。度宗咸淳年間進士。與周密、王沂孫和張炎一起被稱為「宋末四大家」。入元不仕，隱居太湖竹山中。其詞內容廣泛，多懷念故國、追昔傷今之作，構思新穎，音律明快，風格與姜夔相近。著有《竹山詞》。

【文學評價】

清朝劉熙載於《藝概》中曰：「蔣竹山詞未極流動自然，然洗練縝密，語多創獲。其志視梅溪（史達祖）較貞，視夢窗（吳文英）較清。劉文房（劉長卿）為五言長城，竹山其亦長短句之長城歟！」

盛夏的一天

朋友邀約吃飯，已經說了好幾次，我沒有應允，也是因為天氣實在太熱了。可是，居然被我們找到了一個陰雨天氣，運氣真是太好了。盛暑的季節，竟然碰上一個陰雨日子，這不是幸運又是什麼？

朋友本來還想四處繞繞，看風景啊！可是在雨中看來，所有的景物既像霧又像花，我的意願不高。見面不就是為了說話嗎？於是，我們選了一處有庭園的餐廳吃點餐飲。

坐在餐廳裡，吃點心喝飲料，外頭微雨，感覺清爽了一些。許多植物都被照顧得很好，我想是這個餐廳的特色，以廣招徠。現在生意不容易做了，要有創意，要與眾不同，客人才會喜歡上門來。

最近的文創很夯，有人跟我說：「處處驚奇，就是文創。」倒也說得簡潔利落，一聽，就心裡明白。

朋友的兒女大了，在工作了，結婚了。肩上的責任輕了一些，卻也有別的煩惱，面對的是：自己的健康日走下坡。膝蓋痛、肌肉逐漸沒力，眼睛也看不清楚……除了就醫，減少疼痛，小心保養，只好學習平靜的接受。如果這是老化，那麼就省省的用，和它和平共存吧。

這算是妥協嗎？要不，又能怎樣呢？

有一闋詞，我新近讀過，很喜歡。以前不曾覺得，或許是因為那時還年輕，不易體會吧。

是賀鑄的〈浣溪沙〉：

不信芳春厭老人，老人幾度送餘春，

惜春行樂莫辭頻。

巧笑豔歌皆我意，惱花顛酒拚君瞋，

物情惟有醉中真。

不相信明媚的春天會討厭老人，老人還餘下多少個春天呢？為了珍惜春天，別忘了行樂須及時。

嬌巧的笑容，悅耳的歌聲，都是我心中喜愛的，愛花愛酒便得癲狂，引人嗔怪也不在意，只有醉酒，才看得出一切物情的真。

不必偽裝作態，只做自己，也是歡喜的事。

都已經到了夕陽就要西下的時刻，雲彩縱然美麗，也是最後的燦爛餘暉了。且看夕陽的美景吧。不是人人都能見到的。有的臥床，有的子孫不肖，有的仍為衣食奔波，有的怨怒一生……太多的不如人意，多麼讓人同情。

我們呢？人生的歷程大致還算平順，經濟的壓力不大，生活尚能自理，餘暇時，能和三五好友見面聊天，上天已經很疼惜我們了，哪裡還敢奢望更多？

「知足常樂」，這是簡單的道理，重要的，在於身體力行。

子。

我不曾見過一個凡事計較、抱怨的人，仍能保有歡愉的心情，能過快樂的日

我們把生活中的瑣碎事情提出來說說，也交換彼此的看法，相互鼓勵，果然覺得一切都雲淡風輕了起來。再無煩事掛心頭，何其快活！所以老朋友是重要的，此話一點也不假。想來，也只有老朋友敢直言無隱，才能看到問題癥結的所在，給予當頭棒喝，也就豁然開朗了。

後來，我們又去劍潭吃飯，雅潔細緻，直到路燈都亮了，仍下著濛濛雨，暑氣也不知躲到何處，才回到家裡。

半日的歡聚，我們說了許多心裡的話，胸中的塊壘盡去，心也跟著開朗了。

賀鑄（一〇五二〜一一二五）

【簡介】

字方回，號慶湖遺老，是宋孝惠皇后的族孫。曾擔任武職，後經蘇軾等推薦才改任文官。為人耿介，因不願諂媚權貴而任職位低微的小吏，晚年隱居蘇州。藏書萬卷，工詩文，尤長於詞。有《東山樂府》、《慶湖遺老集》。

【文學評價】

其詞作音律和諧且風格多樣，常借用古樂府與唐人詩句入詞。北宋張耒〈賀方回樂府序〉：「余友賀方回……樂府之詞高絕一世。」釋惠洪《冷齋夜話》：「賀方回妙於小詞，吐語皆蟬蛻塵埃之表。晏叔原、王逐客俱當溟涬然第之。」張炎《詞源》：「詞中一個生硬字用不得，須是深加煆煉，字字敲打得響，歌誦妥溜，方為本色語。如賀方回、吳夢窗，皆善於煉字面，多於溫庭筠、李長吉詩中來。」

鄉下的雜貨店

以前的鄉下有雜貨店，但店家不多。

他們就住在鄉下，父親開了一家雜貨店，販賣各種雜貨，舉凡生活所需大概都有。

那時候，整個社會都還窮困，超市？大賣場？從來不曾聽聞。鄉下地方能有個雜貨店，就很不錯了。

每天都有孩子銜父母之命前來買東西，如米油鹽糖醋麵粉麵條等等；可是，有些人家沒有現金可以付賬，用的是賒欠的方式。依慣例，在每年的舊曆年底一起結賬。

貧窮的家庭很多，平日沒錢，年底還是不會有錢。如果實在付不出來，也不勉強。最後，父親將那些賒賬單燒去，一切歸零。新的一年時，重新開始，還是可以繼續賒賬，舊債則一筆勾銷。

鄉下的雜貨店自有他的人情味。

朋友是雜貨店的女兒。

慢慢的，臺灣的經濟稍有改善，雜貨店也賣麵包、餅乾、冰品、泡麵、巧克力、汽水等等。

颱風要來了，朋友說：「我們只要把鐵門拉上，裡頭應有盡有，吃喝不愁。」聽起來，也很有趣。

有一陣子假鈔盛行，聊天時，我們不免會談到。

雜貨店的女兒說：「有時候，我們也會收到假鈔。」

「那怎麼辦？認賠嗎？」

「不動聲色的，下一次，照樣在付貨款時給出去。」

原來如此。

這些都是我們所不知道的，聽聽也很有意思。

彷彿才一轉眼，便利商店到處是，超市和大賣場也很多，物品琳瑯滿目，還有各種促銷折價的活動，以招徠客人。舊時的雜貨店早已不敵時代的潮流，有的關門，有的轉型，只剩下少少的幾家了。

韶光易逝，人世間幾多滄桑，幸好一切都過去了，記憶中存留的，是昔時的溫馨與美好。

記起晏幾道所寫的〈蝶戀花〉：

醉別西樓醒不記，春夢秋雲，聚散真容易。
斜月半窗還少睡，畫屏閒展吳山翠。
衣上酒痕詩裡字，點點行行，總是淒涼意。
紅燭自憐無好計，夜寒空替人垂淚。

醉後西樓一別，醒來時，卻什麼都記不得了，春天的夢，秋日的雲，聚散都太輕易了。對著半窗的明月斜照，我很難入睡，屏風上還畫有吳山的蒼翠。

衣上的酒痕斑斑，詩中的字句，一點點一行行，全都是淒涼的離情別意。紅燭自憐無計可以安慰愁人，寒夜淒清，只有徒然替人垂淚。

從前種種，此刻回想，又何嘗不也像春夢秋雲一般？

歲月悠悠，如今，那個雜貨店的女兒呢？當然早已長大，成家立業，說不定已升級為阿嬤了。

走過清貧年代

清貧的昨日終究遠逝，我們幸運的來到豐足的今天。

有一天，和朋友談天。

我們談到了童年時貧瘠的歲月。

在那個物質並不寬裕的年代，父母奔波勞苦，終日不停歇，所得的，也只是勉強讓家人得到溫飽而已。所以，我們都樸實過日子，不曾得到嬌寵，也涓滴不敢浪費。

小學時，我們用鉛筆寫作業。那時，最高檔的是月光香水鉛筆，有著香水的迷人氣息，還是買不起。我們用的都很樸實無華，很一般的。

鉛筆寫久了，因磨損而變鈍，所以要削鉛筆。

我們家是媽媽幫忙削鉛筆。

當年，哪有削鉛筆機？從沒聽說過。縱使有，恐怕也買不起。

我說：「你知道嗎？我媽拿著廚房的大菜刀來削我們小小的鉛筆。還真有本事呢，居然削得又細又尖又好。」

好朋友卻說：「還記得，我們等鉛筆短到不堪使用了，就把筆芯剖出，塞進小竹管裡，又可以繼續用上好一陣子，直到筆芯沒有了為止。真天才啊，到底是誰想出來的辦法？」

也許是兄姊教弟妹，因而流傳了下來。

沒有玩具，我們就自己做。做陀螺、毽子、小沙包，連風箏、燈籠，也自己來糊。力求改善，精益求精，是創意的絕佳訓練。做成，就一起到空曠處去玩，興高采烈；要不然，就到大自然裡去，晨曦、落日，還有看不厭的山青水碧，陶鑄了我們的胸懷寬廣……

大學時，我讀了中文系，曾經讀到辛棄疾的〈清平樂・村居〉：

茅簷低小，溪上青青草。
醉裡吳音相媚好，白髮誰家翁媼？
大兒鋤豆溪東，中兒正織雞籠。
最喜小兒亡賴，溪頭臥剝蓮蓬。

溪頭一片青草青，有一座矮小的茅草屋，不知是誰家的老翁和老婦，頭髮都已白了，操著悅耳的吳音相互在打趣逗樂著。

大兒子在溪流東邊的豆地裡鋤草，二兒子在忙著編織養雞的籠子，最淘氣可愛的小兒子，斜臥在溪流邊正在剝吃蓮蓬裡的蓮子呢。

這樣的生活悠閒自得，融入在大自然中，竟彷彿是我年少歲月的重現……

在那個物質匱乏的時代，我們都能知福惜福，居然是這樣平安快樂的長大了。

我們平和的個性和堅持的毅力，都受到了很好的帶領和薰陶，其實是終身受用不盡的。

說不定說給今天的年輕人來聽，簡直是匪夷所思，全然無法置信。以為說的是「天方夜譚」，要不，就是編出來唬人的。

幸好，清貧的昨日已經遠去，隨著教育水準的提升，經濟的繁榮，清貧的那一頁很快的翻過了。

在那個清貧的年代，國家窮困，社會窘迫，大半的人家也都清貧，然而，民風純樸，人情溫暖，大自然美麗，如今想來，還是讓人懷念的。

辛棄疾（一一四〇～一二〇七）

【簡介】

字幼安，號稼軒。生性豪爽，崇尚氣節，有俠義之風。一生以收復中原為職志，但一直未受朝廷重視，終以報國無門，抑鬱而死。

詞與蘇軾齊名，世稱「蘇辛」，是繼蘇軾之後，將詞的豪放風格發揚光大，使之蔚為一大宗派，有《稼軒長短句》傳世。由於一生皆處於不得意的政治環境中，因此在辛棄疾的詞中，抒寫愛國思想之作占有極為重要的地位，詞作交織著意氣風發而又沉鬱悲涼的心情。

其所開創的豪放詞派，突破了音律限制，大量吸收口語及古語入詞，而有詩詞散文合流的現象，技巧上多用比興手法，進一步擴大了詞的表現，達到了宋詞發展的新高峰。辛詞風格多樣，有豪放雄奇、溫柔婉約之作，也有不少恬靜清新描寫鄉居生活、田園風光的作品。

【文學評價】

南宋劉克莊於《辛稼軒集序》曰：「公所作，大聲鏜鞳，小聲鏗鍧，橫絕六合，掃空萬古，自有蒼生以來所無。其穠纖綿密者，亦不在小晏、秦郎之下。」

學者陳弘治《唐宋詞名作析評》說：「詞到了稼軒，風格和意境兩方面都大為解放。他以圓熟流走的筆鋒，寫出悲壯淋漓的歌聲，替中國詞壇上留下一個永久的紀念。」

好夢最易醒

走在人生向晚時分，許多的真實故事，就在我的眼前上演，有時候也不免興起感嘆。

朋友很愛她的兒子，自小認真教導，從培養慈悲心開始。

兒子很可愛。童年時，曾經參加電視客串演出，酬勞很高。她想方設法，讓兒子把錢捐給弱勢團體，而不是據為己用。她自己更是言教身教，多有捐輸，從來不落人後。

從小諄諄教誨，冀望的是能長成更好的樣子。

兒子上私立中學，第二年，就在丈夫的強烈要求下，她打算帶著兒子到美國讀書。她跟我說時，我很驚訝：「你的兒子在臺灣讀書，也可以讀得很好的，哪裡需要千里迢迢到美國去讀？何況，夫妻兩地相隔，恐怕會是婚姻的危機，是需要好好考慮的。」結果她還是帶著兒子赴美求學。

她兩地奔波，一顆心懸著，直到兒子上了大學。她終究回到臺灣來，婚姻沒有什麼風波，還算是幸運的。

就這樣，有好多年，曾經母子兩人在美國相依為命，想必有著革命情感。後來兒子大學畢業了，工作了，地點在大陸，也交了女朋友；卻因為執意要娶女友為妻，瞞著父母，直接到美國結婚。事情鬧開來，雙方不歡。

她對兒子從小的褓抱提攜，用心帶領，原來未必有想像中的好結果。難道有好兒女也是命中注定的嗎？若命中所無，便也不能強求？

莫非，教育的成效依舊有限？真令我不解。

我只能希望朋友能想開一點。兒子長大了，有他自己的想法，即使親如母子，也只能尊重和等待。

先把自己的身體養好，快樂過日子，或許才是比較務實的做法吧。

屬於我們的青春已然遠逝，黃昏正逐步的向著我們靠攏了。

再讀一次歐陽修的〈蝶戀花〉，那樣的心情卻又很難說得分明。

庭院深深深幾許？楊柳堆煙，簾幕無重數。
玉勒雕鞍遊冶處，樓高不見章臺路。

雨橫風狂三月暮，門掩黃昏，無計留春住。
淚眼問花花不語，亂紅飛過秋千去。

庭院深深，到底深遠有幾許？楊柳濃密，一片如煙似霧，就像籠罩在數不清的重重簾幕。乘著華麗的車馬四處去遊逛，樓很高，再也看不見他的去處。雨暴風狂，正是暮春三月的天氣，黃昏時，把門關住，卻無法留住春光。我滿含淚眼詢問花朵，花朵卻默然不語，只見它零亂的飄落，已經隨風飛過秋千去了。

這傷春之詞淒婉，詞家內心的幽思怕也訴說不盡了。

想這漫長的人生，也的確充滿了各種變數，又哪裡會全然在我們的掌握之中呢？

兒子早已成年，那麼，就真心祝福他吧！但願他擁有美滿的家庭和人生，一如他所堅信的。如果「從來好夢最易醒」，最終也得到了一個教訓，他必須為自己的決定負責。相信「經一事，長一智」，對他也會有很好的啟發。

只是，這離合悲歡的人生，竟令我無言以對。

因為笑容

你常微笑嗎？

你知道，你的笑容，就像花朵一般的美麗嗎？

小美是我大學時的好朋友。

小美漂亮嗎？她是迷人的，因為笑容可掬。

我們很要好，大學四年得到她很多的照顧，此刻想起來，依然非常感謝。直到畢業很久以後，我才知道，大學時，她美麗的笑靨曾經迷倒了多少外系的男生們。據說，那些男生經常跑來旁聽，只是為了她的笑容如花綻放，甚至畢業多年以後仍念念不忘。

我知道後，還真的大吃一驚。

我太懵懂了，當年竟然一無所覺。為什麼那時不見有人行動表示呢？因為他們都是膽小鬼嗎？或者有人追求小美，只是我被蒙在鼓裡，所以毫無所知？……

或許，姻緣也來自天意。小美後來返回故里教書，嫁給了當地的郵局局長，從此定居中部。

畢業以後多年，她還曾經帶著兩個漂亮女兒前來臺北探望。

我們都不年輕了，青春早已遠颺，不，青春其實並沒有消逝，只是轉移到下一代孩子的身上。

她的兩個女兒都美如花朵。

別後，又是更長遠歲月了，不知故人是否安好？希望我的祝福能隨風飄散，直抵她的窗前。

我思念的心情，也宛如歐陽修在〈木蘭花〉中所寫：

別後不知君遠近，觸目淒涼多少悶。

漸行漸遠漸無書，水闊魚沉何處問？
夜深風竹敲秋韻，萬葉千聲皆是恨。
故欹單枕夢中尋，夢又不成燈又燼。

自從分離之後，不知你到了何方，是遠還是近？眼裡只覺得都是淒涼與愁悶，有說不盡的憂思！你越走越遠，最後竟斷了音信；江水何等的寬闊無邊，魚兒深深的潛在水底，我又能向哪兒去探問你的消息？

昨夜夜深時，西風吹得竹葉處處作響，彷彿彈奏著深秋的音律，千萬片葉子，聲聲都在傳遞著別離的惆悵。我刻意斜倚著孤枕，希望夢中能和你相遇，可惜夢難成，殘燈又已燃燼。

但願她過得幸福美滿，那才是我們由衷的期待。

想起我們的同學會都曾經舉辦過多次了，可惜小美從來不曾出席，多麼讓我們記掛和懷念！

和詩人們有約

週末假日，和詩人們有約。

臺北的天氣真不好，一早就下著雨，氣溫很低，聽說只有十三度。

因為已經約很久了，縱使天候不佳，還是必得前往，幸好我們回程的時候，已經完全沒有雨了。感覺好很多。

我和詩人們在詩刊上、文字裡，相熟都已數十年，真實的會面卻不多，原因是我太害羞，也不太出現在公眾場合。

相見總是歡喜的。第一次見面的是風信子和賴益成，前者在水芙蓉時代曾大受矚目，編過《一頁一小詩》數本，還以「南風」為筆名寫散文。他一定不知道，我曾經是他長期的讀者。

賴益成目前是《葡萄園》詩刊的發行人和主編，是個務實而努力的人。《葡萄園》詩刊幸好有他，方能延續到今日。當年婉約美麗的《秋水》如今已經停刊，那麼《葡萄園》的未來呢？可有接棒的人選？

我這樣的提問，完全是在狀況外，對詩壇的情形太不了解。或許怕嚇了我，他輕描淡寫的說：「沒有接棒者，都是這樣的，計畫常趕不上變化。」

世事無常，到處都如此。

他送了我三件小禮物，每一件都用心。多麼讓人感動。其中有一本筆記書是在一九九八年三月初版，首刷的書還能保持到今天真是不容易，或許是他的珍藏品割愛的吧。非常感謝，質感很好，內中的小詩語是他的創作。

與會者都是詩人，且有詩集問世，只在多與少而已。

賴益成和趙化都因為今天的聚會而更改了出國日期。盛情可感。涂靜怡和琹川依舊穿著古典的衣裳出席，很有品味。吳淑麗則教我們均衡飲食的常識，原來，有很多我們都誤會了，例如，酪梨、芝麻、瓜子都屬油脂類。南瓜、玉米、山藥、紅豆、綠豆，蓮子、碗豆仁屬全穀根莖類，和地瓜、饅頭、飯同類。有莢的碗豆和海帶、牛蒡、竹筍都是蔬菜。另有一欄是豆魚肉蛋，黃豆、黑豆、毛豆、豆腐，雞鴨鵝都是。大番茄是蔬菜，小番茄是水果……你都吃對了嗎？後來吳淑麗還熱心的陪我們大玩「變裝秀」，驚喜連連，好有趣。

中餐由賴益成準備素火鍋，認真的人連餐也不含糊，真是文武全才。據說小時候還是童星，會唱歌，會玩樂器，多才多藝。

趙化是漢藝色研出版社的負責人，也曾經是我的出版人，後來他成為詩人，背後的推手是涂靜怡。「世有伯樂，而後有千里馬」，真是一樁佳話。

快樂的聚會在下午三點，拍了無數的照片後結束。告別花園新城的攬翠樓，天氣也變好了，雨已停，說了好多話。

紅塵縱有滄桑，感謝我們有這麼美好的相會。我從不冀望自己能頭角崢嶸，只但願，在面臨困境時，能不廢初志。

我想起了蕭泰來筆下的那首讚歌〈霜天曉角〉：

千霜萬雪，受盡寒磨折。

賴是生來瘦硬，渾不怕、角吹徹。

清絕，影也別，知心惟有月。

原沒春風情性，如何共、海棠說。

她受盡了千萬重霜雪，也受夠了寒冷的折磨。然而，天生清瘦堅強，渾然不怕冬夜裡的寒意徹骨。

她的姿容優雅清麗，難以企及，連疏影也不同於流俗，然而，知音卻唯有天邊的明月。她原沒有春風的情性，又如何向海棠訴說一己孤高的心境呢？

當天氣極為嚴寒之際，四周一片白雪皚皚，此時眾花早已凋零，只有梅仍在霜雪中，不見絲毫屈撓。即使春天來臨，萬紫千紅，也不能掩蓋過她的風采，更別說拿海棠來和她相提並論了……

就成為一株梅吧，衝寒犯雪，依舊清麗。

感恩生命中有這麼開心的一天，更感恩生命裡曾認識這許多真誠相待的詩人朋友。

蕭泰來（生卒年不詳）

【簡介】

字則陽，號小山，臨江（今屬江西）人，紹定二年（一二二九年）進士，曾為理宗時御史。

我的才子學長

知道才子學長，是因為大學時，他追我們班上的漂亮女生，那女生大一時還是我的室友。我曾經遠遠的看過他，傳言是個英挺帥哥。

後來他們結婚了。歲月流轉多時，我曾為了大學同學們通訊錄的事，有過極短暫的聯絡，卻在不久之後，聽說學長癌末，結果卻又奇蹟式的好轉。

學長寫駢文，是海峽兩岸知名的駢文家。一九九三年，他獲兩岸聯吟詩聖，詩必然有一定的水準。多年來，我們一直慫恿他出一本詩集作為紀念，他從未應允。總是認為自己不夠用功，寫的詩既然不及成惕軒和張夢機，為此，更不宜四處張揚。幸好這些年來，他出了兩本駢文選集，享有盛名，在臺灣早已無人能出其右了。如果，駢文在種種嚴格的限制之下，還能寫得這般卓爾超群，那麼，寫詩，在他，真算是牛刀小試了。他的風格原本陽剛，大病後康復，銳氣為之減了不少，且多了一些溫暖，其實是寫得好的。

我們每週有電話聯絡，談文論藝，好不快活。

他在癌症治療後的第五年復發，病情急轉直下。電話裡的聲音聽起來卻還是好的，讓我以為他仍神采奕奕，不免心存樂觀。但願吉人天相，他終究會好起來。或許是因為我不曾親睹他的形貌，就怕病容早已難掩。

然後，連續幾個禮拜，打去的電話都沒有人接，更不見回電，我完全不知到底發生了什麼事？不得已，只好打電話給他臺南的知交顯宗教授，他們的情誼逾半個世紀。教授應允，他會查，無論結果如何，都將告知。

三個半小時以後，告訴我，學長伉儷在金山散步。

我直覺認為，教授有所隱瞞，他卻信誓旦旦，指稱並未說謊。或許他沒有說謊，但疑點太多。

學長家住臺北大安區，綠蔭處處，離大安森林公園也不遠，散步哪裡需要跑到金山去？

事後才知，遵醫囑，學長伉儷果真到金山洗溫泉。至於我老是找不到學長，是因為之前他去住院，妻子陪病，難怪全家空無一人。

知道實情如此，還是讓人振奮和開心的。

大家都不年輕了，離合悲歡的滋味嘗盡，人生的秋日已至，讓人想起辛棄疾〈醜奴兒．書博山道中壁〉：

少年不識愁滋味，愛上層樓。
愛上層樓，為賦新詞強說愁。
而今識愁滋味，欲說還休。
欲說還休，卻道天涼好個秋。

少年時不懂什麼是憂愁，喜歡登高遠望。喜歡登高遠望，只是為了填首新詞，就勉強說自己很憂愁。

如今經歷了歲月，明白了人生憂愁與無奈的滋味，想說卻說不出。想說卻說不出，於是，就淡淡的說：「這樣清涼的天氣，秋天真是好啊！」

即使如此，我依舊願意相信，秋日仍有好風光。

恭祝才子學長早日康復，援筆為文，再創名山大業。

落花碾塵香如故

因著認真堅持，她有了不一樣的未來。

我曾經是她國中時候的任課老師。那年她十四歲。

長大以後的她，跟我說：「我在很小的時候，就確定自己將來要當老師。」

後來，她的確如願以償。

我沒有問，是她知道不寬裕的家境是不可能栽培她讀高中、上大學？還是她早早明白，如果要繼續讀書，唯一能靠的，只有自己？

國中畢業，她順利考上師專，當時的錄取率是百分之二，僧多粥少，競逐者眾，有多麼的難考。通過了這樣的窄門，才有後來當國小老師的資格，然後，繼續讀夜大，讀研究所，在國中教書……如此的發憤圖強，她才逐漸有了今天。

如今，她已然成了父母的驕傲。

我說：「那是你力爭上游，努力得來的。」

她卻說：「我常想，如果當時沒能考上師專，便可能跟隔壁的鄰居一樣，到現在仍然只是工廠的女工，做了三、四十年的女工，不太有其他的發展和表現，過著黯淡的一生。」

然而，在這努力的過程中，充滿著各種的艱難，勢必放棄了很多的逸樂和享受，不斷向著標竿直跑。後來她有很好的職業，不錯的婚姻和家庭，都來自她的奮勇前行。

她是我心中衝寒犯雪的一株梅。

宛如陸游的〈卜算子．詠梅〉的詞：

驛外斷橋邊，寂寞開無主。

已是黃昏獨自愁，更著風和雨。

無意苦爭春，一任群芳妒。

零落成泥碾作塵，只有香如故。

就在驛站旁的斷橋邊，有一株梅樹寂寞的開著花，無人愛憐。已經到了黃昏時候，它還在獨自感傷，何況還有淒風苦雨不斷的打著花枝。

它無意和百花爭奇鬥豔，任憑嘲笑忌妒，也不放在心上。縱然是片片飄零的落花被碾成了塵土，那幽幽的芬芳也依舊長存。

的確，梅花在艱難困苦的境遇裡，還能衝破橫逆，無畏狂風暴雨的襲擊，依舊越冷越開花，又怎樣的堅持啊，縱使有一天零落成泥，被碾成塵土，仍然有香氣常駐人間。

我們呢？是不是也能做到這樣？

想起往日，她跟我說：「感謝這一路走來，曾經遇到的貴人。我的第一個貴人是讀小學二下，有一次段考因為考試成績很好，班導徐老師送了我一個鉛筆盒，作為獎品，給了我莫大的鼓勵，以後的我才知道努力向上。真心感念啟蒙的徐老師！我也很感謝國三時耀輝導師的升學輔導個別諮商，讓我們有機會往自己的理想邁進，他是我的第二個貴人！」

良好的教育，讓她的人生得到翻轉的契機，也是在那樣的一個年代，因著認真讀書，改變了往後的命運。

看到書讀得不多的弟弟妹妹，只能從事基層工作，錢賺得少又辛苦，各方面配合的條件和資源也比較微薄，相形之下，她的確好很多，在精神上尤其豐厚，這是更好也更大的報償。

上天給了一個願意力爭上游的人更多的祝福和成全，我也真心替她感到高興。

陸游（一一二五～一二一〇）

【簡介】

字務觀，自號放翁，南宋詩人、詞人，年少時即有大志，二十九歲應進士試，名列第一，但政治上始終主張堅持抗金，導致仕途上屢遭排斥與打擊。中年入蜀，擔任過軍事屬員，但也因軍旅生活豐富了他的文學內容，作品因而超然拔俗，綻放耀眼光芒。

陸游的人生經歷於早年富才情，中年多悲憤，晚年則閒適。作品以詩的成就最為顯著，詩作前期充滿強烈的愛國精神，後期多自然清麗的田園詩。詞作雖不如詩質精量多，但也卓有成就。詞風變化多樣，內容多歌詠自然情趣，圓潤清逸，入於恬淡閒適的境界，但也不乏憂國傷時、慷慨悲壯之作。

【文學評價】

南宋劉克莊《村後詩話》說：「放翁長短句，其激昂感慨者，稼軒不能過；飄逸高妙者，與陳簡齋（與義）、朱希真相頡頏；流麗綿密者，欲出晏叔原、賀方回之上。」

最難的是相逢

當年教過的學生們前來相會。

有人拿出了一本《慢讀聖經》來讓我簽名。

我很好奇：「你是基督徒嗎？」

「不是，可是我喜歡這本書裡的故事。」

因為那本書，我們談起認識的人裡有哪些是基督徒？有人提起夷如。是的，夷如是。長大後的夷如，我從來不曾見過。她的好朋友曾跟我說起她，好朋友年少時母親過世，她說，幸虧有夷如常來陪伴和安慰，才能走過那段哀傷的日子。

人生的風雨太多，有時候，不是個人就能獨力走過，有個好的信仰，也讓自己更能堅持下去。相較之下，有多麼的幸運。

小小的夷如一定不知道她當年做得多麼好，讓她的好朋友深受感動，長大後也成了虔誠的教徒呢。

如今仔細想來，我跟夷如不相見也有四十年了。

夷如曾經是我課堂上的學生，可是，從她國中畢業以後，漫漫時日，我們都不曾相逢過。

四十年，真不是短暫的歲月！

夷如住在臺南。近日她北上來參加娘家媽媽的八十壽宴，刻意多停留一天，等到見過我以後，再回臺南。可是，後來我聽說她微恙，不方便行走，既然如此，改期好嗎？等康復以後再見，可以嗎？可是，夷如執意不肯，所以還是見了。

夷如是漂亮的，她穿著長裙，娉婷的向我走來，如一朵高雅的花。

談了一下她畢業以後的過程。她從小學琴，後來果然走上了音樂的路，還曾到德國讀書，回國以後結婚。有一段時間跟丈夫住在日本，正有買房長居的打算，不料就在此時，公公突然過世，計畫因此擱置。回臺灣以後，定居臺南。他們夫婦都來自宗教家庭，也都是虔誠的基督徒。多年以後，丈夫放棄建築事業，成為牧師，開始傳教的工作。

這樣的人生，其實是有轉折的，然而，聆聽神的旨意，卻也甘之如飴。

夷如是漂亮的，每次我這麼說，跟她一起來的秀美就說：「夷如從小就美。」溫柔蘊藉，的確是美。

就在如此歡樂談笑的時光，不知為什麼，我心裡想的，卻是朱敦儒〈西江月〉：

世事短如春夢，人情薄似秋雲。
不須計較苦勞心。萬事原來有命。
幸遇三杯酒美，況逢一朵花新。

片時歡笑且相親。明日陰晴未定。

世事短暫得如同春夜的夢一場，人情淡薄得就像秋日的雲卷雲舒。無須為世俗的名利富貴而斤斤計較費盡苦心。任何事情原來都是命中早已注定好的。

幸好眼前有幾杯美酒可供自己小酌一番，又恰好看到了一朵小花的綻放可以欣賞。這片刻的歡樂可真要及時把握啊，有誰知道明天的日子會變成什麼樣子呢。

世間事總是這般的無常，悲和喜的相互更迭，多麼讓人感嘆。

我們說了很多話，只不知下次再見，又會在何時？時光總是稍縱即逝，或許，活在當下，才是真智慧。

朱敦儒（一〇八一～一一五九）

【簡介】

字希真，號巖壑，又稱伊水老人、洛川先生，洛陽人。靖康、建炎年間，朝廷屢召不仕，隱居故鄉，寫了許多描繪洛陽山水風物的詞作。紹興三年被推薦補右迪功郎之職，紹興五年賜進士出身擔任祕書省正字。歷任兵部郎中、臨安府通判、祕書郎、都官員外郎、兩浙東路提點刑獄，而後退休住在嘉禾。有「詞俊」之名，與「詩俊」陳與義並稱為「洛中八俊」。著有詞三卷，名《樵歌》。

有人將他的詞風分為三階段：早年詞風濃豔、麗巧；中年詞風激越慷慨；閒居後詞風婉明清暢。後人比之李白，譽為詞仙。他是兩宋之間能夠比較完整的在詞中抒情言志的詞人，這對於當時有明顯功能區分的詩詞（詞多言情，詩多言志和敘事）來說，是極大的進步，也影響了後來的辛派詞人。辛棄疾〈念奴嬌〉說是「效朱希真體」。

【文學評價】

《宋史》卷四百四十五《文苑》七《朱敦儒傳》曰：「敦儒素工詩及樂府，婉麗清暢。」

低吟淺唱話人生

你愛唱歌嗎？歌聲如何呢？

她在電話裡告訴我：她的歌曲已經上網了。有兩首歌還是她自己作的詞，她唱了一首〈醉詠天鵝湖〉，另外的一首〈夏戀日月潭〉，則讓給先生唱。

我因此特地上網聽她唱歌。

看到她盛裝而出，有著曳地的長禮服，還化了妝，戴了各種首飾，真是講究。和私底下的她，其實是很不相同的。

上臺唱歌，還錄影，不免要打扮得花枝招展。平日的她很樸素，每回我見到她，還多半是素顏呢。

已經能自己作詞了，真了不起。

她卻客氣的說：「謝謝老師當年在國文課上的教導，如今，老師又寫了很多關於詩詞的書，也讓我在歌詞的創作上獲益良多。」

她太謙虛了。如果不是她有興趣和力求上進，哪裡會有這樣的好成績呢？

我一共聽了她演唱四首歌。分別是〈女人的真情〉，〈一生最愛你〉，〈沒有你陪伴真的好孤單〉以及〈醉詠天鵝湖〉，順便連她先生的〈夏戀日月潭〉也一起聽了。

在人生逐漸向著傍晚靠攏時，她能發現自己的樂趣，唱歌作詞，多麼好。尤其，兒女都很大了，早已成家立業，不勞費心，能替自己的生活找點樂子，也讓生活更顯得活潑有趣，誰說不宜？

我認識她的時候，她還是個少女，芳齡僅十五，正是含苞待放的年歲。她成長的歲月，因為家貧，需要自力更生，吃了很多苦。工作時，又忙又累，席不暇暖。進入婚姻，裡外一把抓，養兒育女，哪有不辛勞的？幸好一切都過去了。如今，面對著充滿晚霞美景的餘年，她終於可以放下肩頭的重擔，做一點自己喜歡的事了。

她的確從小喜歡閱讀，時時親近書本，讓她擁有了一張像「觀音」一樣的臉龐，安寧、平和，也的確氣質出眾。

記起，往日我曾讀過吳文英的〈浣溪沙〉：

波面銅花冷不收，玉人垂釣理纖鉤，
月明池閣夜來秋。

江燕話歸成曉別，水花紅減似春休，
西風梧井葉先愁。

水波清澈宛如銅鏡，此刻卻只感覺一抹淒寒。月影就如一彎魚鉤，像是握著無形的釣竿，月光照在池塘中、閣樓上，更讓人覺得秋天已經來了。

燕子呢喃說要回去，天一亮就要走了，江邊的野花早已失去了春日時的豔紅，所有的美好終究會消歇，當西風吹拂過樹梢，井旁的梧桐葉落，無限的傷感上人心頭。

走在人生的秋日，繁華落盡見真淳，這是我誠實的感受，也覺得沒有什麼不好。如今，連她也逐步向著黃昏靠近。歲月的流逝，以我們想像不到的快速消失。我還是感到驚懼的……

聽她唱歌，在婉轉低徊的歌聲中，那紛紛飄墜的音符，一定可以讓她忘卻了許多塵世的哀傷，或許也記起了一些甜蜜往事吧。

她卻說：謝謝老師的美言，此生慶幸有老師的教導指引，才能順利的在坎坷的人生路上謹慎走過。

真心祝福她永遠快樂。

吳文英（一二〇〇～一二六〇）

【簡介】

本姓翁，因過繼吳氏而改姓吳，字君特，號夢窗，晚年號覺翁。翁家有兄弟三人（翁逢龍、吳文英、翁元龍），皆有文才，大哥翁逢龍與宰相吳潛為同榜進士。終身未仕，但結交顯貴，以布衣出入侯門，當達官貴人的幕僚，與宰相吳潛與權臣賈似道等人來往密切。宋史上無傳，生平不詳。

【文學評價】

清朝《四庫全書總目提要》：「詞家之有文英，亦如詩家之有李商隱」，被稱為「詞中李商隱」，在南宋詞壇屬於作品數量較多的詞人，今存《夢窗詞集》一部，存詞三百四十餘首，作品內容多為酬答、旅遊、憶故、與詠物。歷來詞作評價甚有爭論，宋代張炎《詞源》評曰：「吳夢窗詞，如七寶樓臺，眩人眼目，碎拆下來，不成片段。」清朝陳廷焯《白雨齋詞話》：「夢窗精於造句，超逸處則仙骨珊珊，洗脫凡豔。幽索處，則孤懷耿為，別締古歡。」王國維《人間詞話》：「夢窗之詞，余得其詞中一語以評之，曰：『映夢窗，零亂碧』。」

他來探望

週日，他前來探望。

搭上臺鐵火車時，他跟我說：「老師，我搭的是區間車，每站都停，也快不了。」

「好吧，那你就緩緩前來。」

記得，他往日也是搭這班車來，所以，我們通常約的是九點半。奇怪的是，這次他卻提早了約一刻鐘抵達。怎麼一回事呢？難道以前他下了火車以後都東張西望，心有旁騖？不過，能相見還是令人開心的。

只是，仍在盛暑之中，天氣好熱。前兩天，臺北的氣溫還曾高達三十九點七度，人都奄奄一息，幾乎被烤焦了。

謝謝他不辭路遠，不避酷暑，依舊執意前來相會。我不知道他為什麼會對老師如此不能放心？老師又不可能像變魔術一樣的不見了。

他一直待我友善，從我們在課堂上相識，他還是個少年時就如此。幾十年的時光，就這樣稍縱即逝，我逐漸的走向人生的黃昏，而他早已成家立業。我以為，物換星移，他應該早就淡忘我的。奇怪的是，卻似乎沒有。這麼說來，他真是一個念舊的人。

每次見面，雖然彼此都很高興，也只是坐著隨意的聊天。知道生活如常，或許已然就是一種幸福。

我以為：人生從來不會是完美的，於是也提供了我們許多學習的機會。對那些已成事實無可挽回的，但願我們都能試著平靜的接受。我常覺得，人的安排都不如上天的安排。此中有深意，或許，要在過後多年我們才能了然於心。

歐陽修的〈漁家傲〉，是一首詠蓮的詞，寫得清新自然，我很喜歡。

荷葉田田青照水。孤舟挽在花陰底。

昨夜蕭蕭疏雨墜。愁不寐，朝來又覺西風起。

雨擺風搖金蕊碎，合歡枝上香房翠。

蓮子與人長廝類。無好意，年年苦在中心裡。

圓圓的綠色荷葉，在水中擺出美妙的姿態。一葉扁舟繫在花陰底下。昨夜稀稀疏疏的風雨聲，惹人愁思，竟至難以入眠。清早起來，只見大地又吹起了西風。

風雨過後，金黃色的花蕊已經散亂，而並蒂的蓮蓬卻顯得青翠。蓮子與人生的不完美是這般相似，年年都是苦在心頭。

人間充滿了歡喜與哀愁，有誰能逃躲得了？讀這樣的詞，彷彿我們也得到了撫慰……

他住的城有一種好吃的布丁蛋糕，共有六款，這次他帶來的是「伯爵紅茶」。我好玩的算了一算，我只剩下「巧克力」口味的還沒有機緣嘗到。

沒有想到，下午烏雲密布之後的雙北竟然下起不小的雨來，聽說有些地區還有二級淹水。他要走時，雨還在下，只是稍見緩和。臨告別時，他又提醒我，「老師，還有巧克力布丁蛋糕。」

我開玩笑的說：「所以，你只能再來一次了。」

「今年再來一次。」也算是回應機敏。

他曾經是個善良篤厚的少年，如今長成了堂堂正正的男子。隨著歲月的流轉，他是人才而能為國所用，終究帶給了我很多的寬慰。

聚散總尋常

有些人和我們緣深，於是有更長的時間相處，甚至是至親好友；有些人的緣分卻短暫，只有一照面的歡喜，之後，或許就是別離了。

然而，無論緣深或緣淺，都不會是永恆。緣聚緣散，都屬尋常。

我在臉書上見到他的照片時，模樣，我早已無從記憶；名字，卻是極為熟悉的。有一次，我終究忍不住問：「我們是不是曾經見過？」他回說：「你曾經跟陳老師到過我的辦公室。」

的確是。那已經是十年前的事了。

那一年，我定居臺中的大學同學想在他那兒出一本散文書，文字早已底定，封面卻一直遲遲無法定案，電話裡也說不清楚。最後，我們決定當面商議。他的快節奏、高效率，是我很欣賞的。我們只花了幾分鐘就說定了，他甚至還讓我們看到了即時列印出來的彩色封面。

其實，對雙方來說，都只是驚鴻一瞥。

在臉書上相遇時，我知道他喜歡攝影，還曾經傳過幾張風景照給我看，顏色偏暗，略帶幾分憂愁的氣息。我直言無隱，他則自承：「我比較憂鬱。」彼此的交集並不多。

後來，我的畫家朋友想出畫冊，我覺得或許可以請他幫忙。當所有的畫作整理好以後，他客氣的親自前來拿取。我見到他時，簡直驚呆了，跟記憶裡的他很不相同。十年前，他是個精壯的男子，此刻眼前的他卻斯文有禮，我驚呼：「你瘦了一大圈！」他說：「瘦了二十幾公斤。因為後來常去游泳。」游出了健康，多麼值得。真心替他高興。老闆成了帥哥、型男，誰也想不到呢。

還記得第一次見面時，我曾經問過他：「是家族企業嗎？」

他說：「不，我是白手起家。」

這次相見，倒說了一些話。

原來，他的父親年歲大了才結婚，生下他。童年時母親離世，沒有手足，他和父親相依為命。他讀大三時當老闆，創業前父親就已見背，看不到他往後的輝煌表現。細想來，他這一生孤寂坎坷，所有的困境都必須自己努力面對，幸好，後來他娶妻賢德，兒女都能平順長大，書也都讀得好。

和他比起來，我的人生不見風霜。會不會也因為這樣，我常不夠勇敢和果決？我在溫室裡成長，風雨都離我太遙遠了。我的生命比較蒼白而且軟弱，人生的成績單也顯得微薄……

他臨離去時，我開玩笑的說：「十年不見了，老闆成了大帥哥呢。」

記得王觀的〈卜算子．送鮑浩然之浙東〉：

水是眼波橫，山是眉峰聚。

欲問行人去那邊？眉眼盈盈處。

才始送春歸，又送君歸去。

若到江南趕上春，千萬和春住。

碧綠的江水，就像佳人流轉的眼波；重疊的青山，也像美人聚攏的眉峰。真想問問那些遠行的人到底要去哪裡？應該是像你一樣，急著要去好山好水的地方吧！

唉！才剛送走了春，如今又要送你回家鄉。朋友，回鄉時，如果還趕得上江南迷人的春色，千萬要住下來和春相隨與相伴！

送別的詩詞多半憂傷，這闋詞不只優美，連惆悵也顯得比較輕微。真心祝福他，擁有更美好的未來。

雖然他只是回家，並非回返故里，然而，我祝福的心意是相同的。

很高興能再見到他，尤其，知道他走在一條更好的路上，還有什麼比這更令人感到振奮的？

王觀（一〇三五～一一〇〇）

【簡介】

字通叟，北宋如皋（今江蘇如皋）人。王安石為開封府試官時，科舉及第。宋仁宗時中進士。後歷任大理寺丞、江都知縣等，官至翰林學士。相傳曾奉詔作〈清平樂〉描寫宮廷生活，後高太后以該詞作褻瀆宋神宗而將其罷職。王觀於是自號「逐客」，從此為一介平民。

其詞不出傳統格調，但構思新穎，用詞精妙。著有《維揚芍藥譜》一卷、《詩文集》五十卷、《天鬻子》一卷、《冠柳集》一卷。詞作〈卜算子．送鮑浩然之浙東〉尤為膾炙人口。

【文學評價】

南宋文人王灼於其詞曲評論文集《碧雞漫志》中評王觀作品：「王逐客才豪，其新麗處與輕狂處，皆足驚人。」

卷三

一生惆悵情多少

玫瑰與茉莉

你的心，經常是歡喜的？還是哀傷的呢？

年輕的她，跟我說，她最喜歡玫瑰。如此的美麗，簡直卓爾超群。

她應該是雀躍的吧？她不知自己在我的眼裡，也美麗清新如同朝陽下沾著露珠的玫瑰。

她又說，玫瑰象徵愛情，第一個這麼說的人根本就是個天才。多麼貼切啊！

玫瑰總是位居崇高的殿堂，令人仰望。

我以為，年紀很輕的她，也必然嚮往著愛情，只不知她是怎麼看待愛情的？

漂亮的她，經常收到仰慕者各種顏色的玫瑰，也包括紅玫瑰。可是，奇怪的是每一段感情都不久長，為什麼愛無法駐足停留？她不知道。

愛情來了又去，卻不肯久留。難道像是周邦彥在〈玉樓春〉中所寫的：

桃溪不作從容住，秋藕絕來無續處。當時相候赤欄橋，今日獨尋黃葉路。

煙中列岫青無數，雁背夕陽紅欲暮。人如風後入江雲，情似雨餘黏地絮。

當年桃溪的相遇畢竟沒能長久留住，秋藕斷了以後，卻再也無法接續。當時曾經相約在紅欄橋頭，如今只有自己在黃葉堆積的路上獨自尋夢。煙霧中，成排的山峰仍無比的青翠，雁背上映著夕陽，紅豔滿天。人卻如同風後，吹入江中的雲朵，我心中的深情，就像雨後的飛絮，緊緊的依黏著地下的泥土。

感情也可能歷經不同的變化，當一方改變了初衷，堅決離去，其實是任誰也無法挽回了。

往後，她再看到玫瑰時，覺得玫瑰象徵愛情還是對的，但是它有多麼易凋，難怪愛情稍縱即逝。莫非每一朵玫瑰都有一顆哀傷的心？哀傷的心如何快樂，又如何帶給別人快樂呢？

好幾年都過去了，她不再年輕。

慢慢的，她開始喜歡茉莉花，小小的，潔白而芬芳，總是在安靜的角落裡，自開自落，縱使無人理會也歡喜。

她的日子也逐漸樸素起來，重新回到學校讀了研究所，畢業以後，在一所知名的高中教書。課餘之暇，她興致勃勃去學了針灸，希望藉由針灸可以幫助更多的人，解除他們的不適和疼痛。

不再等待愛情了，日子過得充實而忙碌，她重拾了生活的寧靜，完全遺忘了哀傷曾經來過，這時候，那個對的人居然出現了。

最終，以歡喜結局。雖然出乎意表，卻也讓所有的人為她開心和祝福。

這時，她才恍然：原來，屬於她的愛情像茉莉，純潔可人，芬芳到永遠。

周邦彥（一〇五六～一一二一）

【簡介】

字美成，號清真居士。其詞多為男女相思之情，流連失意之作，宋史本傳說他：「疏雋少檢，不為州里所重。」因他生活浪漫，縱情妓酒，所以作品多不離冶遊豔情，步趨柳永之路。

周邦彥精通音律，能自度曲，在詞的音律上貢獻很大，用語工麗，多用典故，形成其獨特的渾厚、典麗與縝密的藝術風格，是北宋末年享有極高聲譽的一大詞家，且被稱為婉約派集大成者和格律派的創始人。但由於過分追求格律法度與形式，所以在思想內容上反而較為貧弱。

【文學評價】

南宋末年陳郁藏《一話腴》稱他：「二百年來，以樂府獨步。貴人、學士、市儇、妓女，皆知美成詞為可愛。」

張炎《詞源》說：「美成負一代詞名，所作之詞，渾厚和雅，善於融化詩句。」沈義父《樂府指迷》說：「凡作詞當以清真為主，蓋清真最為知音，且無一點市井氣，下字運意，皆有法度，往往自唐宋諸賢詩句中來，而不用經史中生硬字面，此所以為冠絕也。」

迷戀

看著她那樣的一場迷戀，簡直是怵目驚心。

那男子是好看的，也很懂得打扮自己；或者是，在他周圍的那些女子，無論燕瘦環肥，都捨得為他花錢，討他歡喜。有名牌的加持，當然好看更是添了很多分。

她是我的前同事，那時我們還滿談得來的，後來她跳槽到另一家公司，薪水更高一些，我們一直都有聯絡。

有一次，我們見面用餐時，她喜不自勝，給我看男朋友的照片。

「真是帥啊。」我忍不住讚歎。

她果然喜上眉梢。「他什麼都好，學歷、談吐、個性、喜歡運動，還是個衣架子。喜歡他的女生好多。」

我對她的最後一句話隱隱然覺得不安。男朋友是個萬人迷，似乎不妥。只是，我沒有說出口。

那天，就一直聽她對自己的男朋友稱讚又稱讚，用盡了天下最好的文字，卻讓我覺得不太踏實。如果是在感情的天平上，如此嚴重的傾向一方，也太不平衡了。

我總要問：他的職業呢？是在哪一行？

「本來在某個金控公司，後來跟上司搞不好，就找了一個理由辭職了。」

其實，他有一張很不錯的大學文憑，還讀了研究所，可是他工作的時間顯然很短。既然不上班，做什麼呢？

答案竟然是：「周旋在眾女子之間。」

臨分手時，我希望她好好再想一想。忠言從來逆耳，我知道，希望恐怕微渺。

想到，他在脂粉堆裡，過著王子一般的生活，卻令女朋友委屈不安，真是說不過去了。

有好一陣子我們都沒有聯絡。唉，各有各的忙碌。

有一天，我看到一則報上的新聞，有一女子到男友家去縱火，被依「公共危險罪」一起訴。不知怎的，在直覺上，我以為那女子是她。

我敲她手機，急急去問。她支支吾吾，最終是承認了。天啊，哪裡需要搞成這樣？合則留，不合則去。美麗的她，條件也不差。這樣越陷越深，又如何回頭呢？

官司有得打，曠日廢時，只怕連青春都給拖老了！

每次我想起她，都不免要嘆氣。

有一次夜深不寐，想起曾經讀過柳永的〈梁州令〉：

夢覺紗窗曉，殘燈掩然空照。

因思人事苦縈牽，離愁別恨，無限何時了？

憐深定是心腸小。往往成煩惱。

一生惆悵情多少？月不長圓，春色易為老。

從夢中醒來，紗窗已經逐漸現出了朦朧的曙色，屋內仍有殘燈搖曳，更顯得一片昏暗。想到人世間的種種悲歡離合，苦苦牽繫著自己的心，離愁別恨，何時才能終了？

是因為愛太深，才使得小小的心難以承載，也往往因此翻轉而成煩惱？人的一生裡到底會有多少憾恨的事？大概就像月亮的圓了又缺，春色從來不久留。

那種失落的心情，恐怕也是難受的。然而，她的情路走成這樣，難道自己不曾省思過嗎？

不知她何時才能清醒，走真正屬於自己的陽光大道？

柳永（九八七～一〇五三）

【簡介】

字耆卿。本名三變，字景庄，後改名永。北宋詞人，婉約派最具代表性的人物。仕途坎坷，年近半百才被賜進士，卻因出言不遜，得罪朝官，貶為平民，從此出入名妓花樓，以「白衣卿相」自許，自稱「奉旨填詞柳三變」。

其詞作在當時流傳甚廣，人稱「凡有井水飲處，皆能歌柳詞」，多描繪歌妓生活與城市風光，尤長於描寫羈旅離別與歸思之情，刻畫情景交融，音律婉約，對宋詞發展影響深遠。

【文學評價】

北宋陳師道《後山詩話》稱柳詞：「骫骳從俗，天下詠之」。

南宋王灼《碧雞漫志》曰：「淺近卑俗，自成一體，不知書者尤好之。」

南宋陳振孫《直齋書錄解題》評：「耆卿詞格固不高，而音律諧婉，語意妥帖，承平氣象，形容曲盡，尤工於羈旅行役。」

原來，婚姻

原來，婚姻是現實考量，對有些人來說，那也是一種算計。

只嘆她太單純，很久很久以後，她才明白個中的道理。

婚姻充滿了各種不同的面貌，讓人看得眼花撩亂，你的認識又如何呢？

她結婚時，已是大齡女子。年近四十，才披嫁紗。丈夫說，他喜歡她的乖巧，很有愛心，而且認分，具備了傳統女性的諸多美德。

他沒有說錯。沒有說出口的是，這些優點，正好可以幫他帶前妻留下來讀小一的兒子，而且免費。

許多年過去了，娘家父母相繼辭世，那遺產該怎麼分？在法律上，嫁出去的女兒一樣有繼承權。娘家哥哥一直沒有明確的表示，聽到的一些傳言是，依據本省的習俗，財產歸兒子所有。

丈夫立刻跳出來，力主他的妻子也應該有份。為此，哥哥不高興，說：「我們趙家分產，關他李家什麼事？」

事情張揚出去，讓人覺得她的丈夫沒有志氣。有本事，自己賺。哪裡能覬覦老婆娘家的財產？當然啦，土地越來越值錢，分得一塊，足足可以少了十年或更久的奮鬥。平白而得，簡直是天上掉下來的白花花銀子，誰會不要呢？簡直是傻瓜！想來，這是她丈夫的堅持。

她原本是想放棄繼承的，覺得沒有必要為此傷了兄妹之間的和氣。何況，兄嫂照顧父母多病的晚年，也的確功不可沒。比起已經出嫁的她，只是偶爾前來探望，那麼，兄嫂的付出也實在多她太多了。

丈夫一得知她竟然會有這樣的想法，簡直愚不可及，立刻翻臉。天天碎碎念，說這說那，就是要她去爭遺產，她有些為難。丈夫說：「難道你們不是同一父母所生嗎？為什麼全給你哥，而你沒有？根本就是不公平。你哥敢說，那是父母的意思嗎？他拿得出白紙黑字的證據嗎？……」說得再義正詞嚴，都難掩他想要分一杯羹的熱切想望。

前幾年，她曾大病一場，入院開刀，還住院近月。起初丈夫的臉色還好，後來就越來越不耐煩，甚至還口出厭煩之語，甚至還明說她的名下不宜有那麼多的定期存款。最後，她轉了一大筆錢，換成丈夫名字，丈夫的臉色才稍見歡喜。

現在想起來，丈夫娶她，真正的原因，恐怕在於她豐厚的存款，以及公務員的身分，那簡直是金飯碗，縱使退休，生活也不虞匱乏。

好了，即使真相大白，又能怎樣？

這讓她的心情更加不好，會不會也像万俟詠筆下的〈昭君怨．春怨〉：

春到南樓雪盡，驚動燈期花信。

小雨一番寒，倚欄干。

莫把欄干頻倚，一望幾重煙水。

何處是京華？暮雲遮。

春天已來到了南樓，冰雪也早就融化，元宵燈節，風驚醒了冬日沉睡的春花。微雨帶來一陣寒涼，這時我正倚著闌干眺望遠方。別再一次次的倚闌眺望，極目所見只有幾重煙水。何處是我渴望返回的帝京啊？眼前卻被重重的暮雲所遮蔽。

京華若改為故鄉，那就是她的心情了。嫁出去的女兒，離故鄉日遠，哪有不思念的？然而，細想來，自己嫁了一個這樣的丈夫，真不知該怎麼說。離婚，在她，是不可能的，畢竟她很傳統。

或許，這是丈夫吃定她的原因。

原來，在這一場婚姻的角力裡，丈夫早就算計過了，讓他篤定的站在贏的一方。

万俟詠（生卒年不詳）

【簡介】

字雅言，自號詞隱、大梁詞隱，是北宋末南宋初詞人，籍貫與生卒年均不詳。北宋哲宗元佑時已以詩賦見稱，但屢試不第，乃絕意仕途，縱情歌酒。徽宗政和初年，召試補官，授大晟府制撰。紹興五年補任下州文學。精通音律，與周邦彥、田為、晁元禮等共同審定舊調，創造新詞。其詞典麗，每出一詞，都下傳唱。詞學柳永，存詞二十七首。

【文學評價】

王灼《碧雞漫志》評價其詞：「源流從柳氏來，病於無韻。雅言初自集分兩體，曰雅詞，曰側豔，目之曰《勝萱麗藻》。後召試入官，以側豔體無賴太甚，削去之。再編成集，分五體，曰應制、曰風月脂粉、曰雪月風花、曰脂粉才情、曰雜類，周美成目之曰《大聲》。」其著作如今已失傳。趙萬里《宋金元人詞》錄其詞二十七首。

都是為了錢？

她很晚才結婚，嫁給了一個生意人。

在她，是初婚。丈夫則是第二次的婚姻，跟前妻因個性不合而協議離婚，有一個女兒歸女方。還算是不複雜的。

對每個人來說，進入婚姻，須要有磨合期，雙方來自不同的家庭，許多的觀念和價值都未必一致，甚至南轅北轍，在在需要相互適應和調整。由於結婚時，雙方在個性上已經定型，所以磨合的時間會更長一些。

我以為，只要有誠意，終究會是佳偶。

可是，一個家瑣碎的事情多，引爆的口角，有時也無法完全避免。

有一次，夫妻發生爭執時，丈夫竟然脫口而出：「我從來就沒有愛過你。」

她心中大駭：「既然不愛，當初又為什麼要娶我？」

丈夫默然無語，沒有回話。

事後，她很委屈的轉述給我聽。我安慰她說：「一個人在生氣時，哪裡會有什麼好話？既然是口不擇言，難免傷人而不自知，這樣的氣話，就不要放在心上了。」

我相信，丈夫是愛她的。她的個性好，何況有份很好的工作，退休福利尤其豐厚。多年來一直保持純樸的生活習性，銀行存款也必然不在少數。

總之，只怕更愛的是她的錢。

或許，她早已知道，卻不願也不肯承認。

商人為利輕別離，她的婚後生活，或許有時候也是無奈的吧？誰又不是呢？

我常想起她，尤其是在我讀秦觀的〈桃源憶故人．冬夜〉：

玉樓深鎖多情種，清夜悠悠誰共？

羞見枕衾鴛鳳，悶則和衣擁。

無端畫角嚴城動，驚破一番新夢。
窗外月華霜重，聽徹〈梅花弄〉。

多情的人被深鎖在玉樓之上，在這淒涼的寒夜，有誰來與共度？怕見鴛鴦繡被、鳳凰雙枕，煩悶時就和衣擁衾而臥。無端傳來的畫角聲，打破了嚴城寂靜，驚醒我一場新夢。窗外的月光清明、夜霜濃重，從頭到尾聽人演奏完悠長的〈梅花三弄〉。

這詞寫孤寂寫幽怨，多麼的動人。

在我眼中，她從來都乖巧順從，這是她的優點。如果遇到一個工於算計的人，吃虧恐怕難免，尤其是在婚姻裡。

婚姻，有太多現實的衡量。我的另一個好朋友就曾經跟我說：「我都年已五十了，如果還有個男人跟我說，他愛我。我的第一個反應是，他愛的，恐怕只是我的錢。」

我說：「不要那麼悲觀嘛，一樣米養百樣人，也許，未必人人都如此現實。」

她搖搖頭，「都半百了，已無姿色可言，對方貪圖的，難道不是錢嗎？」

也或許，在商言商，更容易看到錢的重要吧。

都是為了錢？不嫌太俗氣嗎？

我想到我那溫婉的朋友，嫁給了一個小生意人。商人重利，當然明白財富的可貴，錢越多越好。

想到人生有這樣多的算計，那實在距離我單純的心思很遠，但願我可以幸運的不必面對和碰觸，我覺得那些都太累了，也太不美了。

我的不夠精明，也由此顯而易見。

秦觀（一〇四九～一一〇〇）

【簡介】

字少遊，號淮海居士。與黃庭堅、晁補之、張耒齊名，號稱「蘇門四學士」。然而，雖出於「蘇門」，卻不同於蘇軾的豪放，婉約的風格，反而較接近柳永。由於秦觀仕途不遂，多有苦悶牢騷，所以其詞有文人失意的身世之感，但較多的篇章則是寫男女戀情的旖旎生活，流露消極傷感的情調。其詞的成就在於藝術技巧，筆法縝密，蘊藉含蓄，音律和諧優美，語言清麗自然，為婉約派之正宗。

【文學評價】

宋蔡伯世說：「子瞻辭勝乎情，耆卿情勝乎辭；辭情相稱者，唯少游一人而已。」清陳廷焯《白雨齋詞話》說：「秦少游自是作手，近開美成，導其先路；遠祖韋溫，取其神不襲其貌。」以此可說明，秦觀的作品兼有韋溫的特長，有柳永的基調，也有蘇軾的氣度，可說是一位博觀約取的作家（陳弘治《唐宋詞名作析評》）。

《四庫提要》：「觀詞情韻兼勝，在蘇黃之上。流傳雖少，要為倚聲家一作手。」

歡情薄

在情愛的世界裡，或許，所謂的夫妻，也不過是相欠債吧？

很多年以前了，有一次，在閒聊時，辦公室裡的漂亮寶貝跟我們說：「如果真有來世，我還是很願意再嫁給今生的丈夫。」說得甜甜蜜蜜，無限歡喜。

想來，必然是夫妻情重吧？

漂亮寶貝不只聰慧、美麗，更是能幹，工作成績有目共睹，很得長官的器重，升遷之快更是打破了公司的紀錄。

後來她急流勇退，很快辦了退休，也不過才五十，依然是美麗的。大眼睛，五官深邃而立體，加以笑容可掬，的確甜美秀雅，讓人印象深刻。

聽說她竟然罹癌，情形很不好，非典型性的癌症讓她吃足了苦頭。有誰想得到呢？用藥上的為難，且效果不彰。壞脾氣的丈夫毫無耐性，幾次大呼小叫，甚至摔門出去唱歌。理由是他陪病辛苦，心情上需要調劑。不曾理會妻子生病和治療過程的艱難。真讓我們聽了心酸。

一病四年。病中的她形銷骨立，黯淡無光，相較於往日的亮麗活潑，多麼讓人不忍。

想到蘇軾的〈行香子．述懷〉，是這麼寫的：

清夜無塵。月色如銀。酒斟時、須滿十分。
浮名浮利，虛苦勞神。
嘆隙中駒，石中火，夢中身。

雖抱文章，開口誰親。且陶陶、樂盡天真。
幾時歸去，作個閒人。
對一張琴，一壺酒，一溪雲。

夜氣清新，不見塵埃，此時月光皎潔如銀輝遍灑。值此良辰美景，把酒對月，須盡情享受。世間的名利都如浮雲一般變幻無常，徒然勞神費力。人的一生只不過像快馬馳過縫隙，像擊石迸出一閃即滅的火花，也像在夢境中的經歷一樣短暫。

雖有滿腹才學，卻不被重用，抱負無所施展。姑且借現實中的歡樂，忘掉人生的種種煩惱吧。何時能歸隱田園，不再為國事操勞，但願到那時，有琴可彈，有酒可飲，賞玩山水，就足夠了。

其實，她病成這樣，哪裡再談施展抱負呢？連尋常的柴米生活，都是遙不可及的想望了。

終究，她受盡病痛的折騰而過世，因為實在太辛苦了。

離世，在她，或許也是一種解脫。只是，我們依然很捨不得。

幾個月以後，還不及半年呢，丈夫立刻再婚。再婚的女子就是外界曾經傳得沸沸揚揚，常跟他一起唱歌的人。

我們無言，聽聞這樣的消息，對方再次嫁娶也無可厚非，只是伊人曾經信誓旦旦，如此情深，但覺得，未免快了一些，連屍骨都未寒，畢竟是辜負了。

她的好朋友每次在我們面前談及，都替她大抱不平，甚至氣憤到流淚。然而伊人的魂魄已遠，世間不公不義的事，又何止這一樁呢？

蘇軾（一〇三六～一一〇一）

【簡介】

字子瞻，號東坡居士。是北宋的文壇領袖，也是全方位作家，為唐宋八大家之一。散文、詩、詞、書、畫等成就都很高，有詞集《東坡樂府》傳世。

蘇軾是文學的革新主將，他對詞的貢獻，超越了所有前人，不僅打破了原有的狹隘藩籬，更開闊了寬廣境界，舉凡懷古傷今、詠史詠物、說理談禪、書懷言志、農村風光、抒情敘事等等，均推翻了晚唐、五代以來詞為「豔科」的舊框架，擴大了詞的題材，也提高了詞的境界，兼具豪放與婉約的風格，對詞的發展深具影響。

【文學評價】

劉熙載《藝概》稱其詞達到「無意不可入，無事不可言」的境地。

清朝《四庫提要》曰：「詞自晚唐五代以來，以清切婉麗為宗。至柳永而一變，如詩家之有白居易；至軾而又一變，如詩家之有韓愈，遂開南宋辛棄疾一派。」

陌上塵

她真心覺得，自己有如陌上塵一般的微渺。

小時候，家境很窮，爸爸當小工，所得不足以養家；媽媽為人幫傭，賺的也只是辛苦錢。手足六個，嗷嗷待哺，也累了爸媽。

兩個哥哥沒讀什麼書，很早就投入了職場，從小學徒做起，薪水有限。她則因從小功課好，全年級第一，老師特別在「家庭訪問」中，力勸爸媽要讓她繼續讀國中，她因此免去了失學之苦。

學校生活充滿了愉快，老師們都疼她，她還是班長。功課不難，下課後，她總是大聲笑，跟同學們開玩笑，也幫老師的忙……放學了，回到家，她先要幫著做家事，脾氣不好的媽媽經常喝斥她，她沒有抗辯頂撞。她想，媽媽辛苦，一定是壓力太大了。

媽媽從來強勢，可嘆兒女眾多，家境不好，在在讓她無法出人頭地。怨氣只有出在家人的身上，罵丈夫，打小孩，跟姑姑尤其不和，形同水火。

大人的恩怨，她其實是不懂的。

她努力做好家事，盡量沉默寡言，免得更讓媽媽生氣。

國中三年結束了，她去考師專，落榜。讀女中。

她並不知道，讀高中的下一步，是考大學。她不可能讀大學的，那樣的家境，要離家在外，生活費、學費，哪裡負擔得起？爸媽早早就等著她賺錢。其實，她應該讀職校，有了一技之長，謀生也比較容易。

可是當時她的年紀小，沒有人教她，長大以後等她明白，卻又晚了。

高中畢業以後，她去工作，做過高速公路的收費員，還做過其他零星的各種工作。

曾經跟姑姑走得近，當然媽媽不知。姑姑疼她，還介紹了一個男朋友給她，人不錯，工作也好，彼此談得來。就要論及婚嫁時，媽媽得知是姑姑介紹，大怒，立刻翻臉，此事就告終止。

她心灰意冷，看來非聽媽媽不可，也罷，就相親。

問題是，媽媽沒打聽，不知對方家風，不曾交往，等同於媒妁之言，然而古時還要門當戶對，她的婚姻簡直是一男一女硬被湊對成雙。

她沒有那樣的好運，可以遇到對的人。

丈夫在市場賣雞肉，也是正當的職業，可惜脾氣暴躁，是大男人，言語粗鄙，簡直讓她活不下去。經過了很長的適應期，她總算勉強忍耐，要不，還能怎樣？

丈夫把她視為財產，要做所有的事，像不支薪的女傭。沒有錢，沒有權，在兒女的心目中地位不高。

她認命的工作，不發怨言，空閒時看書，讓自己的心仍保有自由飛翔的空間。閱讀，真是開心的事。那是她中學時代養成的興趣，她曾遇過很好的老師，喜歡文學，也帶領學生一起賞讀好書。幸好有書相伴，她才能在粗糙貧瘠的現實生活裡不至於繼續向下沉淪。她一點也不喜歡打牌，不愛八卦，更不熱衷說長道短。

在市場做生意，顧客來來去去，各式各樣，簡直是「浮世繪」。有人很阿莎力，有人錙銖必較，有人趁著不備摸蔥偷蒜，什麼樣的人都有。其實，那是人性，有的崇高也有的卑汙。可是，市場也是個充滿了生命力的地方，大聲吆喝，大聲推銷，大聲吹噓，還要不停的說笑話。做生意嘛，不好笑？客人會覺得沒趣喔。

如果有興趣寫小說，市場多的是題材，臺灣最美的風景是人，她舉雙手贊成。每個人都有各自的離合悲歡，就是精采的故事所在了。

有誰不愛聽故事呢？

想起自己的人生，不也像是一個故事嗎？只是結局尚未浮現罷了。

當年那個男朋友一定已有了屬於自己的家庭和妻兒，也真心願他平安快樂，只不知為什麼心中會有一絲的酸楚拂之不去。

吳文英有〈鷓鴣天．化度寺作〉的詞：

池上紅衣伴倚闌，棲鴉常帶夕陽還。
殷雲度雨疏桐落，明月生涼寶扇閒。
鄉夢窄，水天寬，小窗愁黛淡秋山。
吳鴻好為傳歸信，楊柳閶門屋數間。

池上的荷花陪著我靜靜的倚著欄杆，這時烏鴉就要歸巢了，帶著夕陽一起回來。雲雨無端，梧桐葉落，明月下，我輕搖著寶扇，有著無比清涼。回鄉已不再想望，水天一片蒼茫，無限寬闊，小窗外淡淡的秋山，好似染上孤寂的愁緒。吳地的歸雁啊，請幫我帶封信回去吧，就在閶門楊柳樹下的那幾間小屋。

往事都已遙遠，就化為深深的祝福吧。

兒女慢慢成長，如今也都很大了，老大當兵回來，正要找工作。女兒也快畢業了。她一無所求，只要他們都有正當的職業，能堂堂正正的做人，就好。千萬不要成為社會和國家的敗類。兒女各有自己的路，過得去就好，無須強求。

至於自己，丈夫不可能聽她的，她還是自求多福吧。有空時，跟朋友們去唱歌去爬山，回到家，做家事，看一點書。平日則幫著丈夫做生意，還要打雜，伺候一家人。也許自己的命就是這樣，她不怪任何人。

幸好自己的身體不錯，到底是鄉下孩子，窮苦人家，沒有悲觀的權利。日子就這樣逐一過去，娘家爸媽早已相繼大去，婆婆還在，年紀也大了，請外傭陪伴照料。她自認只是陌上的塵埃，儘管不起眼，也還有屬於自己的小小快樂。能平安，於願足矣。

樓窗畫夢

誰知道呢？就成了如今這樣的局面。

丈夫一向花心，她也從來都明白。婚前，她以為，結婚以後丈夫就會回歸家庭，不再戀著外頭的閒花野草，結果只是證明是她太天真了。原來，花心病，無藥可醫。而她的痴心，也是病，無良藥可解。

又能怎樣呢？

丈夫老是流連在外，而她，既教書又帶孩子，孩子年幼時更是備極辛勞。幸好沒有金錢上的壓力，並不是丈夫將薪水給了她做家用，而是自己娘家殷富，奧援不曾短缺。娘家媽媽還心疼她，老是勸她請個小幫手，她笑笑說好，還是沒有行動。辛苦一些，也是好，讓她能一覺到天明，而不是睜著眼，流淚盼夫歸。可是，精神生活才是她所重視的，然而，她依舊得獨守空閨。還真是應了那句老話：「愛著卡慘死。」

兒女逐漸長大了，功課都好，人品亦佳。一個醫生，一個老師，乖巧有禮，羨煞了左鄰右舍。如果這樣的兒女還有什麼缺點，那就是他們都住大都會，也都太忙了。

她一個人住，也沒有什麼不好，清靜一些罷了。

有時候，她讀書。一天夜裡，她讀到周邦彥的〈清商怨〉：

秋陰時晴漸向暝，變一庭淒冷。
佇聽寒聲，雲深無雁影。
更深人去寂靜，但照壁、孤燈相映。
酒已都醒，如何消夜永？

秋陰蕭索，縱使晴朗也逐漸轉向昏黑，使整個院子都變得淒清。我佇足細聽周遭的聲響，此時雲層深厚，連一隻雁兒的影子也不見。

夜已深，人又不在，寂靜中，只有一盞油燈照牆相映。這時酒已醒了，真不知該如何度過這個漫漫長夜？

庭院蕭條，秋夜寂寂，卻只有一燈獨守，安靜的日子，習慣了，也就不致顧影自憐。

多年後，兒女都已婚嫁，丈夫終於回來。她喜孜孜的接納，彷彿他從來都是一家之長。她不談過去，那已如雲煙。只要他回頭，一切重新開始。

她還記得，幾年前，小時候的玩伴來家裡小坐，談及即將參加的大陸北疆之旅，好朋友的旅伴是同事的妹妹，在南部的一所國中教書。她說，那女子的臉和常人不同，手上的皮膚還起水泡。好朋友接著說：「我們都是被上天遺忘的人。」

聽了這話，有多麼的讓人不捨。

好朋友的確曾經遭逢不幸，丈夫和女兒在一次嚴重的車禍中，因搶救不及而往生。原本好好的一個甜蜜的家，從此只剩下她和兒子相依為命。

可是，那也已經是十多年以前的事了，原來，好朋友的傷痛至今並未完全癒合。真心希望她能忘卻，否則，未來的漫漫長途又如何走下去呢？

人間行路，多的是坎坷，又有誰能完全平順？

深深的祝福好朋友，能勇敢的走出陰影，迎向陽光，世界依然美麗，真的。

至於她，她心甘情願的照料丈夫的飲食起居，丈夫還是神氣的，大聲說話大口吃。她的好姊妹們紛紛替她打抱不平：「憑什麼，他可以這樣耀武揚威？你簡直把他給寵壞了！」她笑了笑，沒有辯解。該說什麼好呢？有時候，感情的微妙，是局外人所不易理解的。只要他回來，她願意既往不究，盡棄前嫌。也許她傻，可是，那就是她啊。

「男主人回來了，家，終於完整。」她的確是這麼想的。

這個她生命中情有所鍾的男子，真心希望可以在晚年相依。至於旁人說什麼，要怎麼說，她可以聽若無聞，何況，也不關他們的事。

樓窗曾有孤單的身影，如今，喜得團圓，不會再有淒冷的歌了。

她畫了一個甜蜜的美夢，也在夢中安恬的睡去。上天從來是疼惜她的，她深信不疑。

殘夢水聲中

水聲潺潺，那溫柔的聲音中彷彿藏著一個夢。

我們在餐廳裡吃飯。

那是我們的第一次見面，輕鬆的吃著、說著，也談一些生活上的小事，氣氛融洽。

她平常在臺大醫院看病，她說：「因為兒子的關係。」

原來，她兒子是那兒的醫生。

「哪一科呢？」

「骨科。」

我很好奇：「什麼名字？」

她說了，果然如雷貫耳。

的確是個好醫生。

多年前，我的好朋友，有一天晚上丈夫更換天花板上的燈泡，結果從梯子上摔下，傷到脊椎，立刻送往臺大醫院急診。動用各種關係要找好醫生幫忙，相熟的朋友問清楚當晚值班的骨科醫生名字。立刻說：「太幸運了。那個醫生非常好。」

果然經過開刀，一切順利，那位骨科醫生就是她的兒子。

我跟她說：「有一個這麼好的兒子，造福如此多的病患，已經是功德無量了。」

她也非常的謙和上進，喜歡閱讀；然而，丈夫前些年因病去世，留給她很深的傷痛。

有人勸她說：「以後，就比較自由了。」

她卻回說：「那也是淒涼的自由。」

或許勸說的人年輕而天真，也或許並不曾嘗過失翼之痛，於是連安慰的話都說不好。

她的丈夫是國小老師，顯然伉儷情深。丈夫善良、正直，人很活潑，愛搞笑，書也教得很認真，學生們都很喜歡他。這樣的一個人，顯然也沒有忽略家庭氣氛的營造，在身教與言教下，兒女個個成材。可惜抗癌三年，仍不敵病魔的摧折，終究大去，留給家人永恆的哀思。

中年喪偶，其實是人生的大慟，多麼令人同情。

她說，她很怕秋天，哀傷總是特別深重。

然而，人生何嘗不是羈旅呢？天人永隔的夫妻，不也總有相逢的一日嗎？只是，那樣的相逢必然是在天上了。

我對她點點頭。心中想起的是柳永的〈卜算子〉：

江楓漸老，汀蕙半凋，滿目敗紅衰翠。

楚客登臨，正是暮秋天氣。

引疏砧、斷續殘陽裡。

對晚景、傷懷念遠，新愁舊恨相繼。

脈脈人千里。念兩處風情，萬重煙水。

雨歇天高，望斷翠峰十二。

儘無言、誰會憑高意？

縱寫得、離腸萬種、奈歸雲誰寄？

江邊的楓樹逐漸衰老，沙洲上的蕙草也有半數凋零了，眼前滿是暗淡的殘紅和衰敗的綠色。羈旅客居的我登臨此地，時節已是晚秋天氣。在殘陽裡，只聽得斷斷續續悠長疏落的砧聲傳來。面對這黃昏的景色，不免引發感傷身世，懷念遠人的新愁舊恨。

我們默默凝想，隔著千里山陵，萬重煙水。雖然人各天涯，兩處相思越是深切念想。每當雨歇天高時，我遙望巫山十二峰，但願彼此仍有相會之日。整日無言，誰又能領會我此時憑欄的心情？即使我能用文詞表達萬種離腸，又能請誰寄達我的歸心？
這也會是她的心境寫照嗎？
雨夜裡的水聲，訴說著她的思念，也留有她的殘夢嗎？

享有更多的自由

婚姻生活，恐怕也是一種修行。

我們相識得很早，或許是因為彼此都忙，有一段頗長的時間我們失聯，最近才又聯絡上了。

她來看我，帶了很多水果來，她說：「你沒什麼力氣，水果對你來說，也許重了一些。送你水果，你就省得提了。」真是貼心啊。

我們一直在說話。

我說：「經營婚姻有多麼的不容易，雙方的個性，人生觀，價值觀，甚至平日用錢的態度……都需要一再磨合，哪裡會是簡單的呢？難怪有人要說，婚姻是道場了。」

她提起丈夫曾經到大陸經商，五年。她停了一下，我突然懷疑的問：「難道他外遇？」她點點頭。

我很不捨，丈夫無視在臺妻子的辛勞，要工作，養小孩，理家，獨自撐起了一整個家庭的經濟，裡外都忙，有多麼的艱難。丈夫沒有分憂解勞，竟然還見異思遷！真說不過去。

「可是，這也讓我清醒過來，丈夫哪裡能永遠仰仗？還是要自立自強，努力讓自己健康快樂，比較實在。」

想起婚姻前途吉凶未卜，混沌不明之時，她又是如何走過的呢？

記得范成大的〈霜天曉角〉：

晚晴風歇，一夜春威折。
脈脈花疎天淡，雲來去，數枝雪。
勝絕，愁亦絕，此情誰共說。

惟有兩行低雁，知人倚、畫樓月。

黃昏時，天色仍晴朗，風已停歇，一夜之間，春天也將過盡。就在素淡的夜色下，有幾枝幽梅綻放，白雲在天空來來去去，遠看更像雪花一樣。

這勝景真是美到極點，但也讓人愁到極限，這份感情該向誰說呢。只有兩行低飛的鴻雁，知我曾經獨倚樓前，在靜靜的月下，將你深深思念。

遙望遠方，心思該向誰訴？那天各一方的丈夫，會不會辜負了她呢……

看來，如今她的婚姻危機應該成為過去了，丈夫斷了小三，回臺灣。至少維持了家的完整。終於，兒女都長大了，工作了，她開始有了屬於自己可以支配的時間。

還是要上班，但是工作之餘的時間比較可以自由支配了。其實，還是應該謝謝丈夫，他可以自理，甚至自己下廚，不勞她這妻子費心。

於是，她開始去讀一點有興趣的科目或聽各類演講和看展覽，讓自己在忙碌之餘，精神上，可以得到一些放鬆和滋潤，她覺得開心很多。

甚至，有時候，她也可以搭車南下去看仍住在故居的娘家媽媽，以及一些其他的手足。原生家庭對每個人來講，都是重要的，那是精神的支撐，生命的源頭。的確值得我們感恩。

如今兄弟姊妹都各自成家立業了，媽媽也老了，其實，連自己都不年輕了。能相聚，儘管只是偶爾，也是彌足珍貴的，因為機會未必時時都有。

她太乖了。太乖的人常不免壓抑和委屈自己，凡事要求盡心盡力，卻也在無意之間把自己逼向了困境，還好，她還來得及找回自己，沒有陷入更深的不幸。

我想，這也是上天對她的疼惜。

希望她平安喜樂，我的祝福如此普通卻又實際。真誠的盼望她日有進境，一天比一天更好。

好想告訴她：請珍惜如今時間上的寬裕吧，能夠做自己，多麼好！

范成大（一一二六～一一九三）

【簡介】

字致能，晚年隱居故鄉石湖，自號石湖居士。是南宋詩壇四大家之一，與陸游、楊萬里、尤袤齊名。其詩題材廣泛，以愛國詩和田園詩為主。也工於詞，其詞風格清逸婉峭，但也有關心國事的憤慨蒼涼之作，只是不及辛棄疾那般激昂豪放。

【文學評價】

南宋楊萬里於《石湖居士詩集序》稱其：「大篇決流，短章斂芒；縟而不釀，縮而不僒。清新嫵媚，奄有鮑謝；奔逸雋偉，窮追太白。求其支字之陳陳，一唱之嗚嗚，不可得世。」

錢鍾書在《宋詩選注》中謂之「也算得中國古代田園詩的集大成」。

卷四

自在飛花輕似夢

一枚鑽戒

我曾經有過一枚鑽戒，那是我送給自己的禮物。

那一年，我得了一個獎，還有一筆獎金。心裡也很高興。正好有朋友從花東來臺北玩，就住在我這兒。有一天，我們一起去逛街，路過一家金飾店，於是，她慫恿我，拿那筆獎金買成首飾，理由是：「獎金遲早會用掉，甚至不知用到哪裡去了，既然如此，倒不如買件首飾給自己，也好作為紀念。不是很有意義嗎？」

說得很有道理。

挑了又挑，我因此買下了一枚小鑽戒。也確實每天都戴在手指上，陽光底下，顯得亮閃閃的。看了，我也挺開心。

後來我學會了游泳，還天天去溫水游泳池游；居然忘了熱漲冷縮可能對鑽戒不利。直到有一天，我突然發現，鑽石不見了，只剩下一個空空的戒台。天啊，到底掉到哪裡去了？心想：哪裡都有可能。路上、公車上、計程車上，游泳池畔，游泳池，沐浴室……

原來，鑽戒的來與去，也像船過水無痕，一切都不過是一場夢。會傷心嗎？也沒有。緣至則聚，緣盡則散。人與人這樣，人與物又何嘗不是如此？的確不值得大驚小怪。

我喜歡東坡的詞，實則是由於我更愛他的人。

且來讀蘇軾〈臨江仙〉：

一別都門三改火，天涯踏盡紅塵。
依然一笑作春溫，無波真古井，有節是秋筠。
惆悵孤帆連夜發，送行淡月微雲。

尊前不用翠眉顰，人生如逆旅，我亦是行人。

一別京城，都已有三年了。踏遍天涯，在紅塵中奔波。相逢一笑，依然覺得溫暖如春。我的心境一片坦然，如古井的不起波瀾，節操依舊，似秋竹的勁直。

孤帆連夜就要出發，多麼令人惆悵啊，送行別離時，只見淡淡的月色，微微的雲彩。酒席前不需要愁眉不展，人生處在天地之間，就像是住在旅店，我也只是匆匆的過客罷了。

這闋詞說的是人間的別離，我和鑽戒的分手，何嘗不也是一種告別？細想來，如果我們都只是紅塵過客，那麼，緣聚緣散，也不過只在轉眼之間，不妨就豁達看待吧，何須過分執著？

反倒是我的堂叔知道了以後，曾經替我惋惜不已。堂叔怎麼知道的呢？從我的書裡讀到的。他是醫生，經濟狀況很好，說不定他以為是價值不菲的大鑽戒，其實只是小小的而已。

真的，我曾經擁有過一枚鑽戒，只戴了幾年就弄丟了，如今回想，果真像是一場夢幻泡影。

臺灣小旅行

最近，我讀年輕作家的書，書的內容，寫的是為期一個月的臺灣小旅行。然而，整本書主要還在寫人，風景的描繪不多。人的不同、有趣和溫度，使得這本書變得很有看頭，也耐人尋味。和一般的旅遊書大異其趣。

真的寫得很不錯，看來，年輕一代的寫手已然嶄露頭角，甚至出類拔萃，確實令人稱讚。

然後，我開始想，我出生在屏東，童年住高雄，中學遷臺南，大學在臺北。教書時，我在偏鄉白河，那個夏日有著荷花招展的美麗小鎮，後來，我又調回北部任教。幾乎是從臺灣尾到臺灣頭，由南到北。我這麼一個不愛玩的人，然而，生命的軌跡已在冥冥之中有了安排。

那麼，有一天，我要不要也來做一次小旅行？

朋友四散各處，親朋故舊多矣。我是一個念舊的人，從小認識的人，無論鄰居或同學也很少「丟掉」，總是持續保持聯絡，一起長大。這讓我知道的人比較多，甚至被誤以為是「交友滿天下」。其實我的個性安靜，今生從來不會是「人來瘋」。

我想見的，不會是陌生人，而是相熟的人；尤其是那些曾經相伴一程、同走一段的人，但願我有機會向他們表達我心中的謝意。

只是，在我，一個月是一定不夠的。或許，需要一季？一季又覺得有一點長遠了。或許，我可以考慮分區、分次來旅行？

我記起自己年少時曾經讀過晏殊的〈清平樂〉：

金風細細，葉葉梧桐墜。
綠酒初嘗人易醉，一枕小窗濃睡。

紫薇朱槿花殘，斜陽卻照闌干。
雙燕欲歸時節，銀屏昨夜微寒。

秋風颯颯，吹得梧桐葉紛紛飄墜，轉眼就要落盡了。秋意上了我心頭，縱使綠酒淺嘗，仍感到微有醉意，於是就在小窗下，我沉入濃濃酣睡。醒來時，只見紫薇和朱槿都已凋謝，這時斜陽依舊多情的照著欄杆，一片寂靜。那雙燕子就要飛往南方，在我華美的臥房，昨夜已透入了些微寒涼。

秋夜淒清，那樣的滋味卻也很難說得分明……

的確，曾經有過的離合悲歡，也教導了我很多，此刻，我已經走在人生的秋日，多少事欲說還休！

是不是因為這樣，臺灣小旅行因此更讓我躍躍欲試呢？

想到生命的黃昏正絢麗，恐怕很快就會離去，那麼，我的臺灣小旅行，也或許就是我的人生畢旅？

晏殊（九九一～一〇五五）

【簡介】

字叔同。從小就是聰慧的神童，曾蒙宋真宗召見於朝廷當場考試，晏殊援筆立就，於是賜同進士出身。之後官場一路順遂，於宋仁宗時期官至宰相高位。宋朝名士范仲淹、孔道輔、韓琦、歐陽修等皆出其門。

由於仕途顯達，所以晏殊一生的藝術生活可以說是由詩酒所構成。詞受馮延巳影響很深，所流傳的《珠玉詞》大多是佳會宴遊之餘的吟詠，並未擺脫五代婉麗詞風的窠臼。晏殊的詞最可取的是語句造詞的工麗，許多名句雖然都是經過刻意構思，卻又十分自然，讀來含情淒婉，音調和諧。

【文學評價】

宋史本傳稱其作品：「文章贍麗，詩閒雅有情思。」

南宋王灼《碧雞漫志》曰：「晏元獻公長短句，風流蘊藉，一時莫及，而溫潤秀潔，亦無其比。」

清朝《四庫提要》云：「殊賦性剛峻，而語特婉麗。」

年華流轉

我剛教書時，學校在臺南的鄉下，山明水秀，風景殊麗，人情尤其純樸。

初抵達時，我只看到偏鄉的種種不足。沒有音樂、藝術、文化的任何一項展館和節目，連圖書館都付之闕如；而我剛從豐盛繽紛的臺北來到這宛如荒漠的小鎮。我並不知道，要在多年以後，我才恍然明白，這段歲月如詩，是我人生冊頁中最美的一頁。

那是一個朝氣蓬勃的國中，學校年輕，老師們也年輕。聽說，當年全校老師的平均年齡是三十六歲。連校長也只有這個歲數。

外地老師一起租屋居住，還要輪流負責炊煮，廚藝因此得到訓練、琢磨的機會，功力大有進展。

其實，年輕的心花樣很多，我們每天盡想著，除了教書以外，可以到哪裡去玩？假日呢？要不要去更遠的地方玩？例如，臺中或臺北？

放學後，我的友伴們打球的打球，做冰淇淋的做冰淇淋。假日時，找學生們來，教他們包餃子。鄉下孩子很少吃餃子，當然，也不會包……天啊，我們盡做這種事，青春果然無敵！

有個年輕的，來自外地的女老師，更有趣。由於時興的衣服淘汰太快了，一轉眼就不會是最流行的；可是才穿不過幾次，仍然好好的美美的，又捨不得丟。在學生眼中看來，依舊時尚而華美，她問學生們要不要？學生們高聲歡呼。於是拿來整箱的衣裳，天女散花，人人有分。如此，好幾次。她跟我說：「總算清空，皆大歡喜。」是的，空箱子可以裝更多美麗的衣裳，算是天從人願。

多年以後，結婚的結婚，轉校的轉校，出國的出國……分散四處，再更久以後，年華老去，大家都不再年輕了。

然後，病痛開始襲來，看醫生的看醫生，老邁的老邁，有人去了天國，有人閉門靜養，連再相見都不是那麼容易了。

有一天，我再讀晏殊的〈采桑子〉：

時光只解催人老，不信多情，
長恨離亭，淚滴春衫酒易醒。
梧桐昨夜西風急，淡月朧明，
好夢頻驚，何處高樓雁一聲？

人從出生到逝去，都要經歷世間的這段時光。可嘆歲月悠悠，人兒易老。時光就是那樣，它只懂得催人老去，不相信世間有多情的人存在。常常在長亭短亭的離別中觸景傷懷，往後更不免因思念而淚溼了春衫。

昨夜的西風急驟，在梧桐鎖寒秋的深院裡，颳了整整一夜，幾次把人從夢裡吹醒，醒來只看到窗外月光，朦朦朧朧，幽幽的，淡淡的。在我這高樓上，突然不知道從何處傳來了雁叫聲，更添了夜醒人的淒涼和孤寂。

果然「時光只解催人老」，年少時哪知這許多？

此刻，終於明白，歲月將以悍然之姿，君臨天下，無人可以抵擋。

總會有那樣一天，我們無能為力。

的確，沒有人能阻止歲月的流逝，有朝一日，我也會老去，但願，那時候的我，真正能領會到「雖是近黃昏，夕陽無限好」……

坦白的說，當我們的年紀越大，離美麗就會越遠，這是不爭的事實。與其跟歲月爭美貌，且注定失敗，真的不如追求內在的美麗，或許，以氣質取勝，以智慧迷人，可以美得稍久一些。

然而，終究會走到一生的盡頭，如花之凋零、夕陽的殞落。

原來，我們以為漫長的人生，其實，在回首時，都短如一瞬。

無須感傷，唯有彼此祝福。

黃昏，等在窗口

他是我小時候的鄰居哥哥，高我兩屆。我和他妹小維同班，有時候也去他們家玩。

常看到他在看書，一副很用功的模樣。問小維，他都在看些什麼？居然答以不知道。或許是她沒有興趣的吧。

後來，他讀了一中，我們則在女中。

有時候，他沒看書，或許有些興致，就跟我們聊天。說話很衝呢，罵貧富不均、政府圖利財團，罵社會的不公不義，罵教育偏頗……不知為什麼他牢騷滿腹，彷彿看什麼都不順眼，有些憤世嫉俗。

之後，相繼考上不同的大學，我們也在那個時候搬家，從此失了聯絡。

我大學畢業後去教書，十年後，輾轉和小維聯絡上了。小維在證券公司上班，結婚五年了，有兩個小孩，忙得不可開交。也提起她哥，在國中教書，娶了一個教理化的女老師，有一個兒子。

知道小維忙，我們不常聯絡。每年過春節時，打個電話拜年，也順便問問家人的情形。

她哥在國中教，似乎不太得意。嫂嫂倒是越教越好，是學校裡的「名師」，也因為這樣，回到家什麼都不做，說是太累了。她哥只好扛起所有的家事，還包括接送小孩上學、放學和補習，很不快樂的活著。

「還是一再抱怨嗎？」

「只怕變本加厲了。呵呵，只要不得憂鬱症就好。」

真正見到小維是在同學會上，高中畢業都幾十年了。

我差一點認不得小維。圓滾滾的，一副幸福肥的模樣。小維簡直該改叫她「大維」了。同學會鬧哄哄的，人來人往，也不是敘舊的好地方。我們縱使想說，也被不同的同學岔開，各有說話的圈子。其實，說的，也多半是檯面上的話。總之，多年不見了，大家都各有滄桑。

回來以後，我心中感慨良多。年少時，我們曾在南部住過的屋宇，說不定早已衰頹，亂草叢生，只有斜陽晚照徘迴流連了。

想起宋．王沂孫的〈長亭怨慢．重過中庵故園〉：

泛孤艇，東皋過遍，尚記當日，綠陰門掩。
屐齒莓苔，酒痕羅袖事何限？
欲尋前跡，空惆悵、成秋苑。
自約賞花人，別後總、風流雲散。

水遠，怎知流水外，卻是亂山尤遠。
天涯夢短，想忘了、綺疏雕檻。
望不盡、冉冉斜陽，撫喬木、年華將晚。

但數點紅英，猶識西園淒婉。

乘著一條小船漫遊東皋，仍然記得當日綠樹的陰影下，只見大門深掩。木屐的兩齒間沾滿了青苔，衣袖上還有酒漬處處，如今想來，都成了往事。雖想重尋舊跡，然而秋來的庭院早已荒廢，只留下無限的惆悵。我也曾約朋友一起賞花，可是彼此離開後都毫無音訊了。

水流很遠，哪知流水之外，一座座的遠山又距離得更遠。天涯流落，連夢也少了。縱使雕欄玉柱，也都忘了。斜陽外，冉冉氤氳，無法看得清楚，我撫著高大的樹木，嘆息年華老去。只剩下那幾朵紅花，點綴得西園數不盡的淒清。

水遠山更遠，夕陽裡，為韶華的離去而驚心，畢竟難以抹去心中的悵惘。

我還是找了一個小維有空的時刻，打電話給她。兩家的父母都已經辭世，她哥一輩子懷才不遇。「一輩子耶，可見不是他沒有遇到伯樂，而是他根本就不是千里馬。他以為他是，這就是悲劇的所在。他一直憤世嫉俗，卻不知栽培自己，以求脫穎而出。」小維在商場上歷練久了，說起話來一針見血、頭頭是道。也許人生的歷練多了，更是加分。

「那，你那個名師嫂嫂呢？」

「兩個人離婚了。看對方都不順眼，日久，感情疏離，形同陌路。離婚，或許也是解脫。那兒子書讀得好，目前在美國的矽谷工作，是個科技人。」

真是讓人唏噓啊。想當年才子佳人，不知羨煞多少朋友們。可惜，婚姻畢竟是要長長久久在一起。彼此的個性不合，益發增添了相處的不易，吵吵鬧鬧，無有止時，終告勞燕分飛。

我們還談了許多其他的事，昔日的鄰居、同學、朋友等等。

經歷過那麼多的事，歡喜的，悲傷的，我們小小的心早已漲滿了。當然，如今彼此的鬢髮如霜，我們早已遠離了青春。

在惆悵裡，我們結束了電話裡的長談。

一轉眼，我看到，黃昏已等在窗口。

我們不再年輕了，手中的日子如此有限，能不更加珍惜嗎？

王沂孫（生卒年不詳）

【簡介】

字聖與，號碧山，又號中仙、玉笥山人，南宋會稽（今浙江紹興）人。至元年間，曾任慶元路學正。

工詞，風格接近周邦彥，含蓄深婉。其清峭處，又頗似姜夔，張炎說他「琢語峭拔，有白石意度」。尤工於詠物。其詞藝術技巧高明，與周密、張炎、蔣捷並稱「宋末詞壇四大家」。著有詞集《碧山樂府》，又名《花外集》，收錄六十多首詞。

【文學評價】

周濟《介存齋論詞雜著》評曰：「中仙最多故國之感，故著力不多，天分高絕。」況周頤推薦其詞作為學習作詞的讀本：「初學作詞，最宜讀《碧山樂府》，如書中歐陽信本，準繩規矩極佳。」

陳廷焯《白雨齋詞話》說：「碧山詞觀其全體，固自高絕，即於一字一句間求之，亦無不工雅。」又說：「詞法之密，無過清真。詞格之高，無過白石。詞味之厚，無過碧山。詞壇三絕也！」

走過似錦繁華

走過似錦繁華，人生的這一遭，其實教給了我許多。我是相信，人在做，天在看的。所以我謹言慎行，與人為善，守著分際，不敢有絲毫的踰越。

有一天，我在《白香詞譜》裡，讀到宋．張昇的〈離亭燕．懷古〉：

一帶江山如畫，風物向秋瀟灑。
水浸碧天何處斷？霽色冷光相射。
蓼嶼荻花洲，掩映竹籬茅舍。

雲際客帆高掛，煙外酒旗低亞。
多少六朝興廢事，盡入漁樵閒話。
悵望倚層樓，寒日無言西下。

眼前一帶江山優美如畫，景物在秋光中盡是大氣瀟灑。水中倒映的碧藍天空，何處才是盡頭？雨過天晴的淒冷波光，相互照射。在開滿蓼花和荻花的沙洲島嶼，掩映著竹籬茅舍。

遠在天邊的客船，風帆高掛，迷離在煙霧外，只見酒旗低垂。想六朝興亡的許多往事，如今都已成為漁樵閒談的話題。我心中惆悵，倚樓眺望久久，直到寒涼的夕陽默默西沉。

金陵懷古，興起多少悵惘。然而，人間事，也有多少成了茶餘飯後的談資！我以前居住過的小鎮曾經鬧得沸沸揚揚，有人倒債了，金額高達兩千萬，簡直是個無法想像的天文數字。

受害人都是左鄰右舍，純樸的鄉人，省吃儉用，才把錢積攢起來。一夜之間全都化為烏有。有人前去理論，有人流淚哭嚎，有人四處咒罵。

他們夫婦則文風不動，若無其事，笑罵隨你。罵得厲害了。他冷冷的說：「你貪圖高利，難道就沒有錯？去告啊，連你自己也給關進去！」善良的人還真被他的威脅恐嚇所嚇阻。

可惡的是，他們全家住大宅，還吃香喝辣的，卻絲毫也沒有還錢的打算，簡直是吃定了那些誤上賊船的樸實鄉民。

幾十年過去了。他們的四個兒子都長大了，從小家裡有錢，兒子也不好好讀書，卻學會了揮霍。

老大結婚了，卻老是疑心妻子外遇，只唯恐綠雲罩頂，寸步也不離的跟著。妻子若不在眼前，便手機狂叩。妻子受不了，要求離婚，他更一口咬定：必然有了外遇。吵吵鬧鬧，不曾歇止，後來竟失足從高樓墜下，身亡。

老二，從小就怪怪的，其實是有精神官能症，然而父母諱疾忌醫，寧可花大把銀子燒香拜拜改運，請道士做法，也毫無進展。卻因為不肯回歸到正統醫療，後來情形益發嚴重，幻聽幻覺，甚至自殘，最後仍一籌莫展，只好送入療養院。

老三不學好，狐群狗黨一大堆，酗酒還賭錢，家產幾乎被敗光了。有一年過年時酒駕，出了大車禍，墜落懸崖，一連找了好幾天，才尋到遺體。

只有老四，目前看來情形還不錯，當個警察，自力更生。有個正當的職業，還要奉養兩老，也算是負擔很重的。

「眼看他起高樓，眼看他樓塌了」，鄉民總是議論紛紛，都說是「現世報」。多行不義，難道還希望會有好下場嗎？

塵世的風景，縱使有過似錦繁華，也未必能長長久久。積善之家，必有餘慶；反之，則有餘殃。那些真實的故事有血有淚，有的也發人深省。

「不是不報，時候未到」，純樸的鄉民常在茶餘飯後，說起這個真實的故事來，以警惕世人，卻也不免為之搖頭嘆息。

張昇（九九二～一〇七七）

【簡介】

字杲卿，同州夏陽（今屬陝西）人。北宋詞人，大中祥符八年中進士，歷任御史中丞、參知政事兼樞密使、同中書門下平章事等職，後以太子太師榮銜退休。卒謚康節。長於寫詞，善於將寫景與抒情結合，《全宋詞》僅收錄其詞兩首。

別離和重逢

是因為有別離的酸楚，才有相逢時的加倍歡喜嗎？

人人都經歷過別離，只是別離後，卻未必有重逢的一日。久別後，還能有重逢的歡喜，我以為，那是上天的成全。

有太多的人，別後，再也無從相見。有誰知道，當年的一別，竟然會成為永訣。年輕時候的我們，總以為來日方長，再見不難。老是輕易道別離，很多年以後，才知那是自己的少不更事。

一別，三十多年，他已經進入了中年，而我面對的是晚霞滿天，心中的悵惘無可言喻。

想到黃昏時的晚霞燦爛，那是一天中最後的一抹霞光了。

黑夜即將掩襲而至，終將吞沒了所有美麗的霞光。已是最後的一抹霞光了，心中還戀戀不捨嗎？

想起蘇軾的〈西江月〉：

世事一場大夢，人生幾度新涼？
夜來風葉已鳴廊，看取眉頭鬢上。
酒賤常愁客少，月明多被雲妨。
中秋誰與共孤光，把盞淒然北望。

世間的經歷就像一場大夢，人生能有幾次涼爽的秋天？夜晚的長廊傳來了風吹樹葉的聲音，看看自己眉髮已白。

酒價低廉，卻常常為了客人少而發愁。月光明亮，卻多半被雲層所遮蔽。中秋時節，有誰能和我一起欣賞孤寂的月亮，我舉起酒杯，悲涼的向著北方遠望。

短促卻又虛幻的人生，你又是怎麼面對的呢？

經歷過人生的離合悲歡，我清楚的知道，名利不過有如眼前的雲煙，轉眼成空，不過是一場虛幻罷了。有誰帶得走呢？反而是家人的相守，人間的善意和溫暖更值得縈繞於心。

我們重逢時，是在一個料峭春寒的季節，他送了我一條紅色的圍巾，精緻而且美麗，作為禮物。

我更感謝的是，他還記得我，願意前來相見。只是，我到底沒有說。教他的時候，他是個少年，而我是站在黑板前年輕的老師。歲月悠悠，往事如夢。

別離和相逢，我們中間隔著將近四十年的時光，歲月也如江河滔滔，浪淘盡，留下的，只是甜美的回憶。

久別重逢，總是令人歡喜。值得好好珍惜。

我另有個久別的朋友則跟我說：「我這一生曾經賺了兩億，五年間陸續被借被騙，加以投資失利，全都成空。更糟的是，忙著賺錢，失去了陪伴兒女成長的時機，因此親子關係疏離。」

我心裡問自己，這樣的人生是我要的嗎？

我不想。

金錢固然重要，卻不是萬能。有太多的東西是金錢無能為力，卻是更應該在意的。

什麼是我們心中的第一？有時候，我們都該仔細思量，有所取捨。

別離和相逢，也是人生中的尋常事吧，竟然引發了我許多的思索。

那麼，你又是怎麼想的呢？能不能也說來聽聽？

因為所遇都是善良的人

她是大家公認的好命。

都已八十歲了，無風無雨到暮年。周遭的人都愛她，對她好。這不是好命嗎？

往日她在某知名女校教書，代步工具是一輛賓士車，她姊買給她的。習慣開車的人，不愛走路，也不想搭公車捷運，就是要開車，只是我們越來越不太敢搭她的車了，畢竟即時反應早已不如年輕時。

她是家中的么女，小時就過繼給自家叔叔嬸嬸，因為他們沒有生育，依舊是備受疼愛。只是親生母親總覺得「生了她，卻沒養她」，一直愧疚在心，總要想方設法的對她好。哥哥和姊姊們看在眼裡，更是對她加倍的照顧。

她有點男孩子氣，認識的，都是哥兒們，卻沒有把自己嫁出去。怎麼會這樣？或許，姻緣也是天注定？

好朋友卻說：「這樣的個性是會有一點難。如果對方也陽剛，婚姻恐怕不諧。或許也有幾分天意吧？」

說不定是由於沒有進入婚姻，少了很多的磨難，更能確認她的好命。

在知名女校教書，這麼個性鮮明的老師，很具有個人特色，學生們都很喜歡她。有一年她胃出血開刀，畢業的學生已經是某大醫院的醫生了。學生說：「老師您來，一切都會幫您安排好。」順利的住院開刀，姊姊還專程北上前來陪病照料。

因為她在臺北，哥哥姊姊們的兒女大了，也陸續到臺北來讀書，或高中或大學。富裕的姊姊立刻買下好地段的房子一間供兒女或其他晚輩居住。她有空時前往察看，他們很乖，沒有什麼需要操心的。假日時，一起吃喝玩樂，感情很好。

幾年以後，這些晚輩多半出國留學，然後就業成家，個個優異。

有一年，快過年時，外甥前來看她。臨走時，留給她一個袋子說：「這一點錢，給小阿姨零花。」那一點錢，居然是三十萬現金。真讓我們瞠目結舌。

她還說：「不都是這樣嗎？」

真是人在福中不知福。她不知都是我們長輩給晚輩的，可從來不曾遇見這麼慷慨的晚輩呢。

她已經逐漸向著人生的晚霞靠近了，好在身子硬朗，讓人羨慕。

蘇軾有〈點絳脣．庚午重九〉的詞：

不用悲秋，今年身健還高宴。
江村海甸，總作空花觀。

尚想橫汾，蘭菊紛相半。
樓船遠，白雲飛亂，空有年年雁。

不要因秋天而傷悲，幸好今年身強體健，還可以登高宴聚。江邊的村落、海邊的地區，總是當作虛幻的鏡中花一般看待。

想起從前漢武帝曾經橫渡汾河，蘭花和菊花紛雜爭豔。乘船出遊的事距今久遠，白雲亂飛，年年只見南去的群雁。

年老和病苦，恐怕人人都無法規避，但是我們都要樂觀以待。不論世俗的名利和榮華富貴如何誘人，也不過是過眼的雲煙罷了，哪裡值得汲汲營營，不肯罷手？

她的個性開朗，人有趣，加以廣結善緣，一向都把日子給過得風風火火。其實，究其原因，是她所遇的都是善良的人，尤其，人人待她好，更是風生水起，時時好運了。

心懷感恩

感恩裡，會有一種神奇的力量。

感恩的人，內心平靜，眼中的世界也都變得更為美好。

愛抱怨的人，心中難有感恩之情，時時認為是別人對不起自己，為此，多有怨懟和惱恨。每天就這樣不快樂的活著，怨這又怨那，距離幸福也就益發遙遠了。

長大以後，歷經了很多離合悲歡，我終於知曉：一個人能真正站起來，和他的善良與感恩有關。

你呢？你是一個心懷感恩的人？還是老是抱怨的人呢？

有一次，坐在計程車上。

健談的司機先生正在抱怨生意難做、罰單高漲以及種種社會亂象……似乎越說越灰心，幾乎不想活了。

怎麼會這樣呢？

社會不好，我們不是要更加努力嗎？政客橫行，不是可以拿自己手中神聖的一票加以抵制嗎？為什麼不作為，只要灰心？這不是太說不過去了嗎？

我跟他說：「可是，佛經上說，人身難得。」

他彷彿立刻清醒了過來，還能延伸的說：「對對對，想想看，豬吃人家不要的殘渣，一旦養肥了就被殺，更可憐。幸好不是豬，當人還是好多了。」

很高興，他有了一個還算正向的想法。

比上不足，給了我們進步的空間。

比下有餘，我們都該惜福與感恩。

感恩的人有福，因為世界在他的眼中，充滿了和諧、溫暖、友善、關懷，這是一個讓人愛悅的天地，宜於居住，可以發揮所長。

愛抱怨的人痛苦，因為他看到的總是欺騙、巧取豪奪、自私、殘暴、相互陷害，沒有任何溫情可言，簡直讓人活不下去。人間行路，有多少艱難險阻！

想起劉克莊的〈卜算子〉：

片片蝶衣輕，點點猩紅小。道是天公不惜花，百種千般巧。

朝見樹頭繁，暮見枝頭少。道是天公果惜花，雨洗風吹了。

片片的花瓣就像蝶翅一般輕盈，殷紅點點，顯得嬌小而可愛。如果說上天不愛花，為何把它們設計得這麼巧妙？只是早上看見樹上花兒朵朵，傍晚卻剩下不多。如果說上天愛花，為何又用風雨這般摧殘它們。

一生舛錯，迭遭困頓的大詞人劉克莊不免如此質問上天，平凡如我們，只怕有更多的委屈想要申訴了，不是嗎？

細想來，禍福相倚。請不要老是抱怨不休，而要代之以感恩。可是，對一個習於怨怒的人這麼說，恐怕他也聽不進去吧。他執意認為是別人對他不好，難道還要心懷感激嗎？可是，怨天尤人又有什麼好處呢？只會讓自己的心情更糟，更加沮喪，你覺得這樣好嗎？

想到古往今來，有多少成大功立大業的人是胸懷寬闊的，多麼值得我們傾力追隨與學習。

曾經有人這樣跟我說：「一個不知感恩的人，不宜交往，因為無法真誠相待，恐怕見利就忘義。」真讓我感到驚懼，細思久久，於是，我拿此來檢視我所認識的人，朋友名單因此精簡了一些。

我喜歡知所感恩的人，他們平日常與人為善，人緣都好，個性也溫和，多能關懷別人，也在無形之中教導了我許多。

我終究真正明白：「有了感恩，這世界真美好；懂得感恩，美好了全世界。」

原來，每個人的心和這世界是息息相關的，沒有一個人能完全自絕於外，孤單自守。

真的，如果人人都能感恩，我們就生活在桃花源裡了。

劉克莊（一一八七～一二六九）

【簡介】

初名灼，字潛夫，號後村居士，莆田城廂（今福建莆田）人。吏部侍郎劉彌正之子。宋理宗稱譽他「文名久著，史學尤精」，賜進士。作品收錄在《後村先生大全集》中。

【文學評價】

宋代江湖詩派的領袖，辛派詞人的主要代表，詞風豪放。

反璞歸真

這個世界是美的，你看到了嗎？

也許，你會說：可是，我看到凶殺案的報導，不到幾日就有數起，簡直太可怕了。是這個世界生病了嗎？

你會說：為什麼到處都是騙子？詐騙四處橫行，手法推陳出新，難道沒有人好好管一管嗎？

你會說：天啊！新貧階層已經出現了嗎？萬物齊齊飛漲，看來只有薪水不漲。社會不安全，誰還敢生小孩？隨人顧性命，都來不及了，哪裡敢妄求讓下一代也跟著來受苦？……

我以為，人類心靈的空虛終究不是感官的逸樂所能完全填補，有一天都要回歸到文學、藝術、宗教和哲學的範疇。

長期對名利的苦苦追求，到底滿足不了原有的欲深谿壑。撥亂反正，不過是遲早的事。

再仔細想一想：如果我們覺得這個世界太複雜，追根究柢，會不會那是因為我們以複雜的眼來觀看，以複雜的心處處加以計較？於是，我們看到了彼此之間的爾虞我詐，時時算計，簡直太累了。

複雜的眼，來自複雜的心思。

其實，讓我們的心思回歸到起始的單純，一如經典童話《小王子》書中的狐狸跟小王子說：

光用眼睛，看不見真正重要的東西。

唯有用心看，才能看得清楚透徹。

那時候，心思單純的小王子發現雖然這個世界很寬廣、很有趣；然而，有時候，也會讓人陷入很深的悲傷裡，狐狸因此教會他那些重要的事……

真的，用心看事物，比光用眼睛，更不容易受到障蔽，也更能看得一清二楚。透徹明白，才是最大的優點。

我也願意相信：以單純的心思來看待萬事萬物，一切也就變得單純了。沒有更多的猜疑，也沒有衍生不著邊際的想像，只是活在當下。

我連平日愛讀的詞，也偏向那簡潔有味的，如陳克的〈菩薩蠻〉：

綠蕪牆繞青苔院，中庭日淡芭蕉捲。
蝴蝶上階飛，烘簾自在垂。
玉鉤雙語燕，寶甃楊花轉。
幾處簸錢聲，綠窗春睡輕。

爬滿綠色藤蔓的圍牆，環繞著全是青苔的庭院，這時，中庭寂靜，日光柔和，芭蕉葉葉自捲，且看蝴蝶在階前輕快的飛舞，暖簾自然的垂了下來。簾鉤上有一雙燕子彷彿在低語，井壁間有楊花隨風飄轉。朦朧中聽到有人家玩著簸錢的遊戲，傳來聲聲笑語，而綠窗中的我，卻仍獨眠，春睡輕淺。

春庭的日午，有多少訴說不盡的閒適。這般的清心自在，也一直是我由衷欣賞的。

如果，我們曾大力倡導飲食務必要原滋原味，無須增添過量多種的佐料，簡潔、新鮮就是美。那麼，生活的原有滋味，不也就在單純嗎？

的確，單純的心和眼，更能察覺出人世間所有的美好。

就讓心思回歸單純吧，一如赤子的心。處處見驚奇，也處處有歡笑，世界就會變得更美也更迷人了。

陳克（一〇八一～一一三七）

【簡介】

字子高，自號赤城居士。出身書香門第，自幼受家庭薰陶，詩、詞、文無不精通。少時隨父親官學四方，早年曾為敕令所刪定官。高宗紹興年間，兵部尚書呂祉抗金軍隊，薦為幕府參謀，他欣然響應從軍。

【文學評價】

能詩能詞，其早年詩作文詞優美，風格近似溫庭筠與李商隱。詞作佳作甚多，南宋陳振孫《直齋書錄解題》稱其「詞格高麗，晏（殊）周（邦彥）流亞」。清朝李慈銘於《越縵堂讀書記》評曰：「在北宋諸家中，可與永叔（歐陽修）、子野（張先）抗衡一代，雖所傳不多，吾浙稱此事者，莫之先矣。」

看見美好

世界在你的眼中是美的？還是不美的呢？

重要的是：你是否有一雙看見美好的眼睛？

世事紛紜，長大以後的我們，投身職場，有太多的疲憊和辛勞。我們盡其在我，卻又不免想要歸回田園。我們在現實和理想中，不斷的擺盪，努力想要找出一個平衡點，讓自己過得快樂一些。

有時候，我們覺得差強人意。偶爾歡喜，偶爾沮喪。日子卻也這樣飛快的流逝了。

後來，你學佛。

你的好朋友曾經問你：「學佛以後，你覺得，自己有什麼改變嗎？」

一時之間你回答不出，於是，你把問題重又拋給了對方：「你覺得，我學佛以後，有什麼不同嗎？」

你的好朋友也是我認識的，我很好奇：「對方怎麼回答？」

「還沒有回。」

我曾經在課堂上教過年少時候的你。我以為，學佛以後，你變得更加篤定，完全沒有小時候的想要閃躲。或許，年少時，未解世事，也不曾有過人生的體驗，遇事不免慌亂，無所適從；長大後經歷了多少事，終究明白逃躲不會是最好的方法，寧可去學習面對，去嘗試解決，努力找出一條自己願意走也可以走的路。

你的善良，讓你從來不忍心說出重話，更別說惡言了。學佛以後，你在反求諸己之餘，更願意以寬容待人，這是最讓我覺得安慰的地方。你總是說，對方已經很好了，也承擔了很多；其實這是來自你的悲憫和感恩，不願苛責的背後，也映照了你心地的磊落。

我一直很喜歡朱敦儒的〈西江月〉，詞中的豁達，多麼讓人心生嚮往：

日日深杯酒滿，朝朝小圃花開。
自歌自舞自開懷，且喜無拘無礙。
青史幾番春夢？紅塵多少奇才？
不須計較更安排，領取而今現在。

每天每天，深深的杯子裡都有美酒滿盈，小小的園子中都有花朵盛開。我自己唱歌、自己跳舞，即使獨自一個人也覺得開懷自在，這樣沒有任何拘束和窒礙的生活，真教人歡喜。

歷史上的興亡盛衰，就像幾場春夢一樣轉眼即逝，紅塵中有過多少奇才豪傑，如今又何在呢？不必計較過去的是非，或是苦心安排未來，重要的是，欣然領取所謂的現在，享受生命的每一個瞬間。

擺脫執念，無所拘束，樂活當下，值得我們效法學習。

想到世界因此在你的眼中寬闊而美好，由於這樣的慈心，上天必也回報了你更多的豐饒與平順。

能有如此的智慧和恩慈，福報也必然會是源源不絕。

我這樣相信，也寄以深深的祝福。

如此圓滿

圓滿，是人人心之所盼，想要企求的目標，卻總是被懸在遙遠的高處，很難達成；然而，只要肯努力，終究可以逐漸接近心中的目標。

如果事能圓滿，得償宿願，多麼快意平生！

很多年以前的一個假日，那時她還在小學教書，已經是個很有教學經驗的資深老師了，待學生也一向極好，充滿了愛心與熱誠。就是那天，她上市場買菜，忽然聽到有人「老師，老師」的喚著，原來是自己曾經教過的學生。

那學生早已畢業，正在鄰縣裡的小學當代課老師。國小的代課老師每年一聘，次次都要經過考試，過關斬將，也不是那麼容易的。她不免要問：「既然是這樣，又何必捨近求遠？你為什麼不回自己居住的小鎮來考?單這裡的小學就有好幾間。」學生坦白告訴她,因為沒有足夠的訊息,經常錯過了。熱心的她,便決定幫著留意。

果然,很快的,學生考回母校來當代課老師了,初始,她們還曾經同個辦公室。

她明白學生的處境後,力勸那學生還是要想辦法成為正式老師,才能擺脫年年接受甄試的壓力。可是,成為正式老師,首先要有教育學分,那麼,就晚上去讀吧。辛苦的時間短,能換得穩當的教職,才是根本之道。那學生聽話,接受建議,也真的利用課餘之暇去讀了。只是往返費時,有時搭便車,有時得輾轉換車。她知道了,又去相勸:「你這麼年輕,要考慮去學開車,將來也一定用得到的。」

學生會開車了,教育學程也讀完了,可以參加正式教師的甄選。離家近的小學都沒見到釋出名額,不得已,只好退而求其次,到遠處教;然而,畢竟是在同一個縣,也還算是好的,再隔幾年,便找了機會調回來。

有了安定的職業,婚事也底定,家庭和工作都很好。一轉眼,幾十年過去了，如今兒女也長大了。

那學生還真客氣，將這一切歸功於幸運的得到好老師的帶領。

其實，我們都覺得，是學生乖，肯受教，才讓一切有了如此圓滿的結局。

對逐漸走向人生黃昏的她來說，生命裡的春天逐漸遙遠，可是因著曾經付出的關懷和愛，人生旅程的這一遭，依舊很有意義和價值。

想起大詞人張先〈天仙子．送春〉：

〈水調〉數聲持酒聽，午睡醒來愁未醒。
送春春去幾時回？
臨晚鏡，傷流景，往事後期空記省。

沙上並禽池上暝，雲破月來花弄影。
重重簾幕密遮燈，
風不定，人初靜，明日落紅應滿徑。

手裡拿著杯酒，細細聆聽〈水調〉樂曲，午睡起來，酒已醒而愁仍未醒。送走了春天，卻不知幾時才能重回？天色已經漸晚，攬鏡自照，感傷年光如水般的流逝。回顧過去，往事已成空，瞻望未來，後期不定。

天色已暗，水鳥在沙上相並棲宿。晚風吹開了雲層，露出了明亮的月色，花枝搖曳，舞弄清影。窗戶重重簾幕，嚴密擋風護燈。風陣陣吹來，人聲歸於寂靜，到明朝，凋落的紅花將鋪滿了園中的小徑。

春去春來，韶光易逝，然而，因著努力所留下來的美好成績，依舊讓人覺得溫暖。

對任何人來說，此生若得圓滿，真是天大的美事，多麼讓人歡欣鼓舞。

飛花輕似夢

我以為，越是善良純淨的人越能看見美好。因為本質上的善意、單純，更能心無旁騖的見到事物的核心，沒有任何的障蔽，也更能欣賞到對方的美。

會不會也因為這樣，連上帝都嘉許兒童的純真，認為，唯有懷抱著赤子之心的人，才能通過天堂的窄門。

我的心思簡單，只是，別人複雜的言語，我常聽不懂。有時候，百思不得其解，只好拿對方的話去問媽媽，經由媽媽的解說，才能豁然開朗。我常覺得，自己也未免太笨了。可是，像我這麼簡單的人，恐怕也很難複雜得起來。於是，我只好甘於一己的平凡。

慢慢的，我長大了，甚至也進入中年了，經歷過許多離合悲歡，讓我益發覺得，簡單也沒有什麼不好。簡單說，簡單做，簡單的人生，簡單的世界，多麼令我安心。

只是，在簡單裡，仍要時時保持正向思考，於是，希望和夢想都能永遠相隨。

如今，平日的我吃簡單的食物，穿簡單的衣裳，走簡單的路，喜愛簡單的人，也被簡單的人所悅納。一切都美好，我很喜歡這樣。

的確，如果我們總能看見生活中的種種美好，相信便能一路走向光明。看見美好，這樣的思維，其實就是正向思考。即使遭遇挫折，也能愈挫愈勇，因為心中有著希望。即使在灰燼中，也能重新尋覓勇氣，因為，我總是相信明天會更好。

我記得秦觀的〈浣溪沙〉：

漠漠輕寒上小樓，曉陰無賴似窮秋，

淡煙流水畫屏幽。
自在飛花輕似夢，無邊絲雨細如愁，
寶簾閒掛小銀鉤。

春天裡有著惻惻的輕寒，我獨自登上了小樓，早晨的陰冷天氣，竟有幾分像是深秋，屏風畫著淡煙流水，一片寂寥清幽。

自由自在的飛花，宛如夢一般的輕柔，無邊的細雨，一如內心綿密的憂愁，只見珠簾輕輕的掛在窗旁的銀鉤上。

縱使心中幽怨，卻仍有如此美好的詞以供欣賞，這又是一種怎樣的回報？

當我們一直注視著美好，我們的心便會跟著美好走，言行舉止也會向著美好的方向前行，這讓我們的未來也呈現著一片光明美麗。

由於明天是未知，更給了我們無限的想像。即使是在沮喪裡，也請不要放棄，明天會煥然一新，帶來更多的歡喜。一切都將大有可為，因為當朝陽升起，又會是全新的一天。可以開始，可以出發，可以大顯身手。

總能看見美好，以歡愉的心情走更好的人生路，我以為，其中也有上天的祝福。

但願人人都能感知一切都美好，這是我真心的祝禱。

讀者筆記

九　歌　文　庫　1380

深情在宋詞
45首採擷人間風月的絕美好詞

國家圖書館出版品預行編目 (CIP) 資料

深情在宋詞 : 45首採擷人間風月的絕美好詞 / 榮涵 著. -- 初版.
-- 臺北市 : 九歌出版社有限公司, 2022.6
面 ; 14.8 × 21公分. -- (九歌文庫 ; 1380)
ISBN 978-986-450-442-8 (平裝)
863.55　　111006405

作　　者——榮涵
責任編輯——張晶惠
創 辦 人——蔡文甫
發 行 人——蔡澤玉
出　　版——九歌出版社有限公司
台北市105八德路3段12巷57弄40號
電話 / 02-25776564・傳真 / 02-25789205
郵政劃撥 / 0112295-1

九歌文學網　www.chiuko.com.tw

印　　刷——晨捷印製股份有限公司
法律顧問——龍躍天律師・蕭雄淋律師・董安丹律師
初　　版——2022年6月
定　　價——320元
書　　號——F1380
I S B N——978-986-450-442-8
9789864504459（PDF）